更好的阅读

文治
© wénzhì books

李夕夜，不再沉默

이제야
언니에게

［韩］崔真英 著
山昪 译

南方出版传媒
花城出版社
中国·广州

图书在版编目(CIP)数据

李夕夜,不再沉默 /(韩)崔真英著；山异译. ——广州：花城出版社,2022.2
ISBN 978-7-5360-9519-9

Ⅰ.①李… Ⅱ.①崔… ②山… Ⅲ.①日记体小说－韩国－现代 Ⅳ.①I312.645

中国版本图书馆CIP数据核字(2021)第211555号

合同版权登记号：图字19-2021-251号
이제야 언니에게
Copyright © 2019 by 최진영 (崔眞英，Choi Jin Young)
All rights reserved.
Originally published in Korea by Changbi Publishers, Inc.
Simplified Chinese Translation copyright © 2021 BY BEIJING XIRON CULTURE GROUP CO., LTD
Simplified Chinese edition is published by arrangement with Changbi Publishers, Inc through EYA(Eric Yang Agency,Inc.).

出 版 人：肖延兵
责任编辑：欧阳佳子
特约监制：潘　良　于　北
产品经理：烨　伊　韩　帅　刘　烁
技术编辑：薛伟民　林佳莹
装帧设计：尚燕平
封面插画：袁小真

书　　名	李夕夜，不再沉默 LI XIYE，BUZAI CHENMO
出版发行	花城出版社 (广州市环市东路水荫路11号)
经　　销	全国新华书店
印　　刷	天津旭丰源印刷有限公司
开　　本	880毫米×1230毫米　32开
印　　张	7　2插页
字　　数	130,000字
版　　次	2022年2月第1版　2022年2月第1次印刷
定　　价	45.00元

本书中文专有出版权归花城出版社独家所有，非经本社同意不得连载、编辑、复制。
如发现印装质量问题，请直接与印刷厂联系调换。
购书热线：020-37604658　37602954
欢迎登录花城出版社网站：http://www.fcph.com.cn

目 录
Contents

第一章 ··· 1

第二章 ··· 81

第三章 ··· 151

歌唱到最后的人,永不停止的故事 ··· 205

作者的话 ··· 215

Chapter 1

第一章

2008年7月14日
星期一

~~可怕的~~

我好想撕碎今天。

2008年7月28日
星期一

自十一岁以来，夕夜[①]每天都会写两份日记，一份交给老师检查，一份则藏下自己的心事。交给老师的那份不过是日复一日的作业，时不时还会扯点谎。升上初中后，她就只写一份日记了。有时一篇日记会洋洋洒洒地写上三四页的内容，有时却只能勉强记下日期。若是遇到什么都不想写的日子，夕夜也会在日记本上如实地写下。每当写完一本日记，她都会用报纸将日记本裹起来，塞进书架的最深处。直到初中快毕业的时候，夕夜拿出所有日记本数了数，足足有二十本。夕夜对如何处置这些日记本很是烦恼，最终拿去院子里烧掉了。

即便是烧日记本的那一天，夕夜也写了日记。

"既然都要烧掉，何必还要写下来呢？"夕旎疑惑地问道。

[①] 全名李夕夜，韩文写作"이제야"。——作者注

"反正谁都逃不了一死,现在还活着做什么?"夕夜回答。

夕夜只是需要那样记录一个时间罢了——一个可以让她埋葬这一天的时间,一个可以静静坐着将日常生活锁进文字的时间。只要将一天中发生的事情全都罗列在纸上,哪怕是再不明了的感情也会慢慢涌向一处,形成一个词语,有时甚至将缠绕在一起的思绪从头捋一遍的话,还能得到意料之外的结论。夕夜写日记的时候,时而哭泣,时而犯困,当然也有不自觉扬起嘴角的时候。

2008年7月14日,夕夜未能写下日记。15日、16日、17日……夕夜已经接近半个月都没翻开日记本了。

漆黑的夜被一瞬的光撕开了一道口子,窗外下起了雨。夕夜难以忍受这倾盆大雨,将窗帘放了下来。为了盖住雨声,她戴上耳机,打开了音乐。可一听不到外面的声音,她又觉得有点不安,最后还是摘下了耳机。她闻到了雨的味道,像是被雨水打湿的泥土和混凝土的味道。夕夜躺在床上,翻来覆去,怎么都睡不着,身体不舒服,精神也有点恍惚。虽然妈妈买了助眠的药回来,但是夕夜并没有吃。她总觉得吃了药睡着后会发生什么不好的事。

夕夜慢慢陷入昏睡，不一会儿，她再次睁开了眼睛。

书桌上的小黄灯亮着，夕旎躺在旁边。她已经睡着了，手却依然搭在夕夜的手上。她其实有自己的房间，但在那天以后她便一直都睡在夕夜的房里了。窗户紧闭的房间内闷热无比，此刻的夕旎正抱着冰袋呼呼大睡。夕夜将电风扇对准夕旎的腿，拿起手机，看着屏幕上显示的日期，夕夜的表情有了片刻的迷惘。前段时间发生的事杂乱无章地从脑海里闪过。夕夜走到椅子边坐下，翻开了日记本。日期还停留在7月13日。夕夜心想，绝对不能让日记止步在7月13日。我活过了7月14日，活过了7月15日，也活过了7月16日……这些日子又都逝向了何方呢？书包里还躺着13日去图书馆借的书，也和胜浩说好看完后和他换着看。他们相约要在彼此的读书记录卡上写下同样的书名。想到这里，夕夜翻开新的一页，望着空白的纸面好一会儿才动笔写下"2008年7月"。本该接着写"28日"，但夕夜却冲动地写下了"14日，星期一"。她愣愣地盯着自己写下的数字和文字，自言自语道：

"打起精神来吧。"

那天——那天实在是太漫长了，那漫长的一天并没有结束。

那看起来永无止境的一天，又该从何开始记起呢……夕夜攥紧了手中的笔。定好关机时间的电风扇停了，房间里一片寂静。夕夜听着时钟秒针的嘀嗒声，她静静地听了一会儿便数起了数。夕夜一下子数到了九百，感觉自己可以一直数到自己老死的那一天。她不禁想象着既不用去学校，也不用见任何人，每一天都只数着秒针的生活。那样的生活似乎也不赖。这时斜躺着的夕旎翻了个身，嘴里还发出了一声低喃。夕夜起身将电风扇的定时器转到了3。

秒针走动的声音被电风扇的声音盖下去后，夕夜的注意力再次回到了白纸上。

夕夜觉得自己需要写些什么。

哪怕今天只能写出一个词，明天也要继续写下其他的词，慢慢地写出一段完整的话来才行。因为大家都想要抹去那天，夕夜也曾想抹掉那天，然而她越是尝试去遗忘，对那天的回忆越是强烈。短短几天里，它已经膨胀得越来越大，就像是噩梦里出现的怪物一样，狠狠压在夕夜的身上。以往写日记的时候，夕夜都会郁闷于语言的无力和太过单一扁平，完全表达不了她的真实感情。在形容风或阳光、风景或气味的时候也感受到了词语的匮乏，仿佛硬要把一个立体的东西压成平面的。

现在的夕夜却因为词语有限而庆幸，这样她就可以将日渐清晰的记忆全都禁锢在浅薄又单一的词语中了。

夕夜攥紧了手中的笔。

刚写完"可怕的"三个字,夕夜突然想不起"可怕"这个词具体是什么意思了。不管是什么意思,它都无法做到充分表达。就算是把"可怕的"三个字写得大一百倍一千倍,再用力把它涂黑涂重,哪怕下笔的力度足以把纸张穿破,也依然无法表达夕夜当时的所有感情。夕夜把"可怕的"划掉,想将感情锁进扁平词语中的想法,想用文字准确表达心情的想法,不停地在脑海里冲撞着。

夕夜攥紧了手中的笔。

再次攥紧了笔。

直到黎明时分,她才好不容易写完一句话。

2008 年 7 月 13 日
星期日

和胜浩从图书馆回来的时候,外面下起了阵雨。虽然胜浩带了伞,但雨伞太小,无法两个人一起打。于是我们为了避雨去咖啡馆坐了一会儿,一边喝着冰美式一边分享彼此手机里的照片。我们约好暑假一起去首尔玩。胜浩说首尔的市内公交车非常大,而且开得还很慢,我们约好坐在公交车上好好逛逛首尔市。雨很快就停了。走出咖啡馆之后,空气潮湿又闷热,皮肤黏黏的。我们坐上公交车,结果在快到家的时候又下起了雨。那时胜浩才发现自己把伞落在咖啡馆里了。从公交车下来后,我们就只能淋着雨了。谁知道雨竟越下越大,雨滴打在身上生疼。最后我们躲在巴黎贝甜面包店门口的遮阳棚下面,周围充斥着雨滴拍打柏油路的强有力的声音以及漫起的白色水雾。这样的氛围我觉得有点压抑,于是我大声唱起歌来。胜浩先是凑过来静静地听着,后来也和我一起唱。我们俩就像发了疯似的,一直大声高歌,特别畅快,像发泄一样。胜浩唱起了辛炯琬的《火金姑》[1],我让他别唱这首歌了,可他还是唱个不停。后来我懒得管,就和他一起唱起来。一辆辆车就像冲浪一样,从眼前一闪而过,溅向我们的雨水多得就像是有人在用瓢泼,我们都尖叫起来。我们真的唱了很久!

雨势转小后,我们便淋着雨走。乌云很快就散开了,天空顷刻间也放了晴。顺着大路放眼望去,路的尽头挂着一道彩虹。夏天所能有的天气好像都在今天经历过了。

幸好书没有湿。

梅雨季过去后会很热吧?晚上睡觉都会热醒几次,白天热辣的太阳光线直直地照在人头顶。但我还是喜欢夏天,喜欢夏天曝晒的阳光,就像在清洁整个世界。我也很喜欢像今天这样突然被倾盆而下的阵雨淋湿。只有在这种时候才能痛快地大喊大叫,不用觉得不好意思。甚至连在晚上被蚊子的嗡嗡声吵醒

---

[1] 《火金姑》,又名《萤火虫》,是韩国的童谣,小学音乐课会教,是一首描述没有朋友的萤火虫的悲伤儿歌。——译者注,余同。

我也很喜欢。我也很喜欢冬天，冷得让人牙齿直打战，想想都觉得刺激。而且，冬天还会下雪，冬天的树也是美的，看起来都好优雅，下雪后会更优雅，清凉的天空也很不错。口中呼出的热气、毛毯，还有橘子，我都很喜欢。我还喜欢在深夜仰望升到高空的大犬座和猎户座，它们可以告诉我地球转动了多少。

再转过两轮冬夏，我就满二十岁了。妈妈说公务员是铁饭碗，爸爸则想让我读师范学校。可是我想学外语，想学多个国家的语言。我认为翻译的工作也很棒。可是每次一想到自己想学的东西，我就会担心钱的问题。我想出国看看，想知道待在语言完全不通的环境里会是怎样的心情，也很好奇自己一岁的时候都是怎么看、怎么听这个世界的。如果能记得小时候就好了。恩书说她想做一名外交官，我觉得她好棒。胜浩虽然还没决定好自己想做什么，但他也说不想听他爸的。伯伯早就说过让胜浩念法律系或医学系，还让京浩哥哥复读，说是来年一定要考上首尔的法律系。我虽然有想做的事情，但并不明确，也不着急。我没法像恩书那样明确地知道自己想做什么。我只觉得现在就很好，想要压缩每一天，尽力过好它。

2002年7月28日
星期日

那一天夕夜要上交的日记本上是这样写的：

早上起床后吃了咖喱，然后和夕旎去文具店看了会儿信纸，在乐天利快餐店吃了汉堡。晚上和夕旎还有胜浩一起去骑自行车了。今天没有写辅导班的作业，明天还得早点儿起来把作业写好再去上辅导班。

而夕夜在真正的日记中写的却是爸爸与妈妈的争吵。他们聊到奶奶的话题时激动起来，声音越吼越大。最后爸爸气呼呼地夺门而出，妈妈则顶着一张可怕的脸搞起了卫生，将家里翻了个底朝天。她先用吸尘器把家里都吸了一遍，又跪着把地擦了。夕夜觉得洗手间的瓷砖上的花纹都要被她擦掉了。过去，只要妈妈洗起被子或窗帘，就代表她是真的生气了。妈妈那天也洗了被子。夕夜和夕旎为了躲妈妈和吸尘器，从房间跑到客厅，从客厅跑到厨房，又从厨房跑回房间，最后还是出了门。两人故意绕远路去了学校的运动场，先是坐了会儿秋千和跷跷板，然后便小心翼翼地爬在攀登架上，又玩起了捉迷藏。中午过后，太阳越来越大，沙子也被晒得灼热起来。皮肤被晒得滚烫，脸和脖子上都流了不少汗。两人一边感叹着太热，一边商量要去哪里玩，最终决定去小河边。夕旎提议回家骑自行车，夕夜却认为有回家骑自行车的时间，早走到小河边了。她害怕回家后还要面对争吵的父母，不想看到愤怒的大人。

两人一边舔着在便利店买的冰淇淋，一边向小河边走去。途中路过一个叫圣泉的教堂，兴许是礼拜刚结束，教堂院子里和门口的人行道上挤满了人，熙熙攘攘的，有向停在路边的轿车走去的人，有坐在车上准备离开的人，有举着荧光棒指挥交通的人，还有正走过马路的人。夕夜和夕旎手牵着手，穿梭在这群成年人的腰部和胸膛之间。手因为汗水变得滑滑的，眼睛里也进了汗水，火辣辣的。拥挤之中，夕夜没能抓牢夕旎的手，夕旎也弄掉了冰淇淋。发现夕旎一脸愤怒地仰视着大人，夕夜立刻将自己手里的冰淇淋递给她。然而夕旎并没有接下冰淇淋，依然愤愤地瞪着那些人。如果不开心的夕旎尖叫起来，人们肯定都会望过来。夕夜不想那样的事发生,于是她迅速将自己的冰淇淋塞到夕旎手里,又把掉在地上的冰淇淋捡起来,二话不说便拉着夕旎向人群外走去。"姐姐,姐姐!"夕旎叫着夕夜,"把那个扔掉啦,都脏了,上面全都是泥!"夕夜现在只想尽快离开这里。她左右张望了一下,看到教堂旁的围墙边上有一个垃圾桶。"姐姐,快把那个扔掉啦!"夕旎在后面催促着。"知道了,我会扔的,扔到那里去吧。"夕夜转过身对夕旎说道。这时迎面撞来一个人。夕夜抬头望了望,是一个穿着白色短袖T恤的成年男人。男人的手上和裤子上,以及夕夜的衣服上都沾到了冰淇淋。那男人不知是"哎哟"还是"噢"了一声,夕夜只是静静地看着稀烂的冰淇淋和弄脏的衣服。她也知道自己应该道歉,但怎么都张不开口。

"这不是夕夜吗?"男人开口说道。

"你是夕夜吧?不认识我了吗?我是你堂叔呀!不认识堂叔了?"

男人笑着打起招呼来。

夕夜舒了口气,这样自己就不用挨训了。男人指着院子里的水龙头提议去洗洗手,夕夜和夕旎便跟着去了。

男人刚一扭开水龙头,一股强劲的水流便顺着橡皮管喷涌而出。他洗了洗手,又把水抹在裤子上搓了搓。夕夜将已经化成一团泥的冰淇淋扔在水管边的角落里。男人从水龙头前退后了一步,望向夕夜。一见夕夜将手放在橡皮管下面,男人立刻拧了拧水龙头,调节水压。夕夜也学着男人先洗了洗手,又接了把水抹在沾了冰淇淋的衣服上,最后还接了把水抹了抹脸。男人一直耐心地抓着水龙头,等待夕夜做完这一切。夕夜突如其来地有点口渴,又接了把水往嘴里送去。"等等,别喝。"男人阻止夕夜,"那边有矿泉水,我去给你拿。"语毕,男人向着立在教堂门前的凉伞大步走去。不少成年人站在凉伞下,无一例外都手捧着一杯放了冰块的咖啡或果汁在喝。夕夜转过身,让夕旎也过来洗洗脸。夕旎上前洗了把脸,又把满是汗水黏糊糊的脖子也擦了一下。男人从便携保温箱里拿出一小瓶矿泉水,向夕夜招了招手。夕夜关上水龙头,牵着夕旎走了过去。男人伸出手,递来半冰的矿泉水。夕夜喝了三四口,便把矿泉水递给了夕旎。"好凉快呀!"夕旎喝完水,抹了把嘴巴,雀跃地欢呼起来。男人从钱包里掏出两张一万韩元纸币,默默递向夕夜。夕夜只是静静地看着纸币,既没有作声,也没有接下。

"堂叔也是见到你们高兴才会给你们钱。以后还要经常和堂叔见面呢,下次可要先打招呼哦。"

男人温和地笑着,往夕夜和夕旎的手里各塞了一万韩元。

"她们是谁呀?是我们教堂信徒的孩子吗?"一个女人突

然凑过来对男人说道。

"是我堂哥的孩子,就住在铁轨前面的小区里。李议员,你知道吧,就是那家的两个侄女。"男人一边回答女人,一边又从保温箱里拿了瓶矿泉水出来。他把矿泉水递给夕夜,示意她们可以走了。夕夜和夕旎双手各握着一瓶冰矿泉水和一张纸币走了。

"姐姐,你认识那个叔叔吗?"

夕旎扬起脑袋望向夕夜。

"好像之前爷爷去世的时候见过,你能想起来吗?"

"嗯,我也想起来了。"

"不是吧?你不记得了吧?"

"不是啦,我真的想起来了。"

"真的?"

"嗯,好像确实见过。但我也不太确定,大人都长得差不多。"

"你说得对。那个叔叔长得还有点像三班的班主任呢。"

"可是那个叔叔说他是我们的堂叔。他怎么会是我们堂叔呢?"

"他说爸爸是他堂哥,而且他还知道我们家住在铁轨前面的小区。"

"堂哥……不是和胜浩差不多吗?"

"嗯,和胜浩差不多。"

"那关系不是很近吗？可是我们怎么都不认识那个叔叔呀？"

"有的亲戚走得不近的。我们班的敏智也没见过自己的表弟几次，连人家长什么样都不记得。"

"为什么呀？"

"亲戚们都住得很远吧。我们是因为亲戚都住在这附近才会经常见面啦。"

"那爸爸有几个兄弟姐妹呢？"

"不知道,不过果树园的姑妈应该也是爸爸的堂姐或堂妹哦。"

"真的吗？"

"你不知道？"

"才不是呢，我也知道啦。姐姐，我们拿这个钱去买汉堡包吃吧。"

夕旎举了举手里的一万韩元。

夕夜告诉她，还是用从家里带出来的钱买比较好，堂叔给的钱要带回去给妈妈看看才行。夕旎点了点头。

夕夜和夕旎坐在小河边的树荫下吃完了整个汉堡包，便奔向了浅水区。她们先是抓了会儿参鱼，后又捡起了川蜷螺来。虽说是抓，但她们也不是真的在抓，只是做做样子罢了。捡川蜷螺也不过是捡好后比比谁捡得更多，便又放回水里了。玩了一会儿，两人找了块有树荫的大石头坐了下来。夕旎可能有点困了，枕着夕夜的膝盖很快就睡着了。夕夜将手抚在夕旎的脸上，渐渐地也打起盹儿来。

不知过了多久，从远处传来胜浩的声音。夕夜费力地睁开惺忪的眼睛，循着叫声的方向望去，胜浩骑着自行车的身影越来越近。

"姐姐，我刚才去你家找你们玩，可是你和夕旎都不在。"胜浩气喘吁吁地说道，"然后我去了火车站，还去了学校，到处找你们。"

胜浩一边说，一边从口袋里掏出一部手机："我有手机啦！我妈把她的旧手机给我了。"

"那大伯母怎么办？"

"我妈当然是买了新的呀。"

胜浩翻开手机的盖子，将手机递给夕夜。夕夜瞥了一眼屏幕上的时间，下午3点02分。不知道妈妈消气了没有。

"不过我爸过段时间也要换手机。"胜浩说，"等我爸换手机的时候，让他把旧手机给姐姐。"

"给我做什么？"

"如果姐姐也有部手机该多好呀！我们还可以互发短信。"

"我不需要。"

"有手机的话,以后我们不在一起的时候也好联系啊。"

"我们约起来也不需要什么手机。你看你现在不也找到我了吗?"

"可我是把所有地方都找了一遍才找到你们的啊,连火车站尽头的铁轨那边我都去过了。"

胜浩越讲越激动,到底还是吵醒了夕旋。夕旋看到胜浩,一下子就站了起来,揉了揉眼。睡眼惺忪的她一边扭动身体,一边哼唧。之后她看到胜浩手里的手机:"这不是大伯母的手机吗?"

"现在是我的了。"胜浩答道。

胜浩把手机号码告诉姐妹俩,让她们以后别再打到他家里,直接打他的手机就行。

"我能有什么事需要打手机找你啊?"夕旋哼唧着,"上学在一起,放学后还要一起去宝蓝辅导班上课,而且从我们家跑到你们家只需要五分钟。"

"反正我有手机了,你们当然要打电话给我。而且像今天,我们没去学校,你和姐姐就自己出来玩了。你们来小河边玩,为什么不叫我?"

"你每周日不是都要去教堂吗?"

"我早就从教堂回来了。"

说起教堂，夕夜又想起了刚才遇到的堂叔。她想告诉胜浩，又有点犹豫。她只知道那人是自己的堂叔，连他的名字都不知道，苦于怎么说明才能让胜浩听懂。

"刚才路过教堂的时候吧……"

"我们去的教堂吗？"

"不是，是圣泉教堂。我们在那里见到了一个叔叔，他说是我爸的堂弟。"

"啊，你是说那个头发褐色的、个子高高的、眼睛长这样——"胜浩比画着，"鼻子扁扁的叔叔吗？"

夕夜琢磨着胜浩说的那个人跟自己看到的是不是同一个。

"可是他让我叫他叔叔，那个叔叔昨晚来我们家了。我们一起吃了晚饭，他和我爸妈聊了很久才走，说是现在住在这里了。消防所后面不是刚盖了片公寓楼吗？说是搬去那里了。"

"你之前也见过那个叔叔吗？"

"不记得了，好像见过，又好像没见过。"

直到听说那个男人去过胜浩家，还一起吃了晚饭，并且胜浩也认识他，夕夜才放下心来。这下应该不会因为收了陌生人的钱被妈妈骂了。妈妈大扫除结束了吗？爸爸刚才气得都跑出去了，今晚会一身酒气地回来吧？夕夜在不想回家和赶快回家之间犹豫不决。

夕夜、夕旎和胜浩在小河边一会儿撵撵蜻蜓，一会儿堆堆石头或扔扔小石子，一直玩到五点多才爬上河堤。夕旎说想坐在胜浩自行车后座上，胜浩便载着夕旎先往前骑了一段，又折回夕夜身边，反复了好几次。他们就这样慢悠悠地到了家。胜浩一脚踩着自行车脚踏板，一脚支在地上，又报了一遍手机号码，最后一边喊着要打电话给他一边蹬着自行车回家了。夕夜和夕旎打开大门，走进院子，位于院子左侧、长长的晾衣绳上晒了两床夏天用的薄被子。夕夜摸了摸，干了，松松软软的。

2004 年 2 月 13 日
星期五

今天是毕业典礼，妈妈、夕旎、大伯母，还有胜浩都来了。我用压岁钱给恩菲、孝珠、美英和美真都买了礼物。给恩菲买了一套荧光笔，给孝珠的是毛线手套，还给美英和美真买了一对情侣马克杯，大家都很喜欢。恩菲送了本（超厚的）线圈本给我。等现在这本日记本写完后，下一本就决定用它了。美英送的是发卡，美真送的是一个可以挂在书包上的娃娃。发卡和娃娃都很好看。孝珠则是把巧克力和糖果一个个包起来，拼成一个爱心送给了我。她的手真是太巧了。唯一遗憾的是拿出巧克力就会打破爱心的形状，恐怕我会一直都不舍得吃。

永恩和秀智也给我送了礼物，可是我没有给她们准备礼物，我完全没有想到她们会送礼物给我……如果她们不开心怎么办？

对了，东宇送了条手链给我。一开始我都没想到那是礼物，因为他是从自己手腕上拿下来给我的。他看我稀里糊涂收下后一句话也没有，才开口说是毕业礼物。他说是自己挑的珠子，然后穿在钓鱼线上做出来的。这是他在美英和美真离开教室的时候，把我带到走廊尽头后给我的。他给的时候还说了对不起，说在正久那群人欺负我的时候，自己不该什么都不做。是啊，我都快忘记这件事了。正久和道营之前传播了一些奇怪的谣言污蔑我。我只觉得他们的行为太幼稚、太可笑了，明明一点都不了解我和胜浩，那样做有什么意思呢？我当时理都没有理他们。结果他们看我没反应，觉得被我无视了，反而更加激动了……嗯，不过我也确实是无视他们了，可是我不无视那些谣言还能怎么办？反正在我无视他们之后，他们仿佛自己成了受害者，连着骂了我好几天，不管我做什么都会来妨碍我。他们又不是第一次欺负女孩子了，我也不觉得东宇有义务站出来阻止他们，所以在听到东宇的道歉时，我有点意外。我告诉他，这不是需要他来道歉的事。可他还是说了对不起，说心里对我一直很过意不去。也是怪了，真正该道歉的人一点表示都没有，每次都是不需要道歉的人愧疚个不行。东宇一边说他本来想写封信给我，但最后没有写出来，一边递给我一个黄色的信封。信封里是一张写了手机号码的纸条。他说等我以后有了手机，一定要给他发短信。说完，东宇尴尬地笑了笑。就像是除了笑，他摆不出其他表情一样，所以我只得无可奈何地挤出一个笑容。他送我礼物，我应该道谢，可是感谢的话怎么也说不出口。老实说，我也不知道该感谢他什么，实在是太窘迫了。最后，东宇祝我初中能过得愉快点。但我感觉他真正想说的并不是这些。犹豫了那么久才吐出的话，也有点太普通了吧？我把手链塞进口袋，就去找美英和美真了。她们俩一直问我是怎么回事，问我们都说了什么。我告诉她们没说什么。于是，本来还有点在意的我真的认为没什么大不了的了。回到家，我把东宇送的手链放在他给我的信封里，塞进了书桌的抽屉中。

之后，我捧着花和朋友们轮番拍了很多照片，也带着夕旎和胜浩拍了很多。大伯母开着车带我们去市里吃意大利面和比萨，还给了我十万韩元，让我在念初中前买个新书包。

回到家，我和夕旎还有胜浩一起用巧克力派搭了一个蛋糕，开了个小派对。夕旎很羡慕我上初中后可以穿校服，可是我却更喜欢现在。到时候，所有人都要穿一样的衣服，留一样长的头发，从背后望过去，估计连谁是谁都分不清吧。胜浩因为以后不能再在一所学校念书而感到难过。是啊，我们初中高中都无法在一起念，更何况是大学……大学？我真的会有二十岁那一天吗？我完全想象不出自己二十岁的模样。

晚上，爸爸和堂叔一起（浑身都是酒味地）回来了。堂叔祝我毕业愉快，递给我一个纸袋说是礼物。我还没打开就知道里面是部手机。妈妈不让我收，说送这么贵重的礼物会惯坏孩子。堂叔表示我看起来不像是那种不懂事的孩子，爸爸是因为要和他干活儿才会连我的毕业典礼都没能参加。他一边嘴里不停念叨着对不起和谢谢之类的话，一边摸着我的头发和肩膀。我之前听爸爸和妈妈说，大伯也给堂叔做的事投了不少的钱。自从堂叔出现以后，大人们一聚在一起气氛就会变得很严肃，有时候还会特别激动。虽然他们以前也会聊到钱的事情，可是最近真的只谈钱。比方说在哪里新买了房子，在哪里新买了块地，哪边要开发之类的。

堂叔送给我的是三星 Anycall 系列的白色滑盖手机。虽然不知道多少钱，但肯定很贵吧，我最近经常在电视上看到它的广告。我在向堂叔道谢的时候，心里一直觉得自己不需要这么贵的手机。堂叔送了礼物给我，我应该很感激他才对，可是我却觉得浑身不自在，也不知道是为什么。以后一看到堂叔就会想到他送的手机，就莫名有种要好好听堂叔的话、欠下债的感觉。今天东宇送的手链也是，堂叔送的手机更是如此……原来礼物也会让人觉得不自在啊……

在未来的半个月里，我不再是小学生，但也还不是初中生。

成为初中生,是不是就意味着我要从小孩子变成青少年了呢?青少年?我吗?有点滑稽。不过,能和美英还有美真念一所初中,真的是太好了。明天就可以发短信给她们了。

2004 年 5 月 5 日
星期三

胜浩发来短信说五分钟后见。夕夜急忙带上书包和垫子,往大门外走去。一出门她就看到了刚拐进巷子里的胜浩。

"夕旎也一起去。"

夕夜并没有关上院子大门,而是示意胜浩等等。

"夕旎不是不喜欢参加写作大赛吗?"

"可是她今天一个人在家啊。"

"一个人在家怎么了?"

"她会很无聊。"

"她不能和自己的朋友玩吗?"

"她的朋友都和家人出去玩了。"

"婶婶出去干活儿了?"

"嗯。夕旎说想去看你画画,没关系吧?"

"可是她没报名啊，可以进去吗？"

"可以吧？反正那边只是个旅游景点。除了参加写作大赛和写生大赛的人，不是也会有不少过去玩的人吗？去年也是呀。"

这时，夕旎打开玄关门，走了出来。

"真是的，既然最后都要去，老师让你参加写作大赛的时候，你怎么不直接答应呢？"胜浩不耐烦地问夕旎。

"要是报名不还得写文章嘛！休息日让不让人好好玩了？"

"随便写写就好了啊！"

"随便写写还不如不写呢！我可是一个追求完美的人。"

"那边会发面包和果汁，估计不会发给你吧！"

"我打算吃你的呀。"

"我才不给你呢。"

"不给也要吃。"

夕夜跟在两人身后，听着他们你一言我一语，边走边看向头顶的晴空。念小学时，每年的儿童节，夕夜都会和胜浩一起去参加写作大赛和写生大赛。每年春天和秋天都会举行几次类似的活动。他们会带着出来吹风散心的心情参加比赛，夕夜写散文，胜浩画画。夕夜只是偶尔得个奖，而胜浩却是一次都没有错过奖状。好像是去年吧，夕旎的班主任也推荐了夕旎参加写作大赛，老师兴许是觉得妹妹应该会随姐姐，有优秀的写作能力。结果夕旎第一次参赛写的诗便拿到了全国写作大赛的一等奖，震惊了所有人。然而，这之后夕旎却再也不肯参加写作大赛了，不管老师怎么劝说都没有用。"不要，我不想参加。这不应该看我自己乐不乐意吗？"不愧是夕旎，说完就固执地扭过了头。束手无策的老师只得打电话给妈妈，让她来劝劝夕旎。这下好了，夕旎直接把自己锁在房间里，连学校都不肯去了。大人们觉得这样的夕旎很不可思议。虽然夕夜也无法理解夕旎，但她更不能理解逼迫夕旎参加写作大赛的大人们。夕夜很羡慕夕旎，羡慕她的文笔，更羡慕她敢于说不。大人们都说夕夜是稳重的大女儿，夕旎是不懂事的小女儿。夕夜很反感这样的区别对待，总觉得是大人们的这些话才让她不得不远离说不的权利。

夕夜一行人坐了三十多分钟的公交车之后，终于到达了郊外的景点。刚走下公交车，夕旎就变卦了，说是要跟着夕夜走。她怕跟着胜浩走会遇到老师，必定免不了一顿责骂。

"结束后电话联系，姐姐。"胜浩挥挥手跑出停车场。

夕夜带着夕旎向西门走去，那里有她同校的学生和带队的老师。夕夜去传达处领了稿纸和零食，等着公布诗题。诗题出来了，是"春"与"门"。

夕夜在松树林的边缘地带铺好垫子，打开书包掏出了练习本。一旁的夕旎则是啃起了夕夜领到的面包。就在这时，夕夜突然听到有人激动地叫她。是秀智。上初中后，她们还是第一次见面。秀智询问夕夜能否坐在一起，夕夜立刻拿过书包，给她腾了一个位子。秀智问起美英和美真，夕夜告诉她，她们过得很好，依然天天黏在一起。聊到这里，夕夜想到了恩菲。她和恩菲那么亲近，本以为一辈子都不会分开。可是升上不同的初中后，却没有了任何联系。夕夜也曾试着发过几条短信，但都没有收到回信。

"恩菲还好吗？"

"恩菲？孔恩菲吗？"

"你不是和恩菲去了一所初中吗？不是吗？"

秀智踌躇了好久，还是开了口："嗯，我和恩菲之前还是一个班的。"

不知为何，夕夜觉得她的回答有点古怪。

"你和恩菲也很要好吧？恩菲没和你说什么吗？"

"我一直都联系不上她……"

"恩菲搬走了，学校都没来几天。"

"搬走了？你是说恩菲吗？为什么？搬去哪里了啊？"

"不知道，她也没告诉我。"

不知不觉中，夕旎吃完了面包。她站了起来说想四处逛逛。"别走太远了。"夕夜叮嘱。"不会走远了。"夕旎穿着鞋子回答道。"把这个带上。"夕夜掏出手机递给夕旎。

"恩菲发生什么事了？"

直到夕旎走远，夕夜才问秀智。

"呃，之前流传过一阵子传闻……老师说不是什么大事，我们是恩菲的朋友，不可以说恩菲不好。"

"说她不好？"

"小学毕业的时候，恩菲送了我一个笔袋，是紫色的，最上面有一圈拉链的那种。嗯，和那个笔袋差不多。"

秀智用眼神指了指夕夜的笔筒。

"刚升上初中的那段时间，我一直都在用，后来就不用了。因为我每次看到笔袋都会想到恩菲，心情很奇怪。其实，班上一直有人骂恩菲，我和那些人连话都不想说一句。可是有不少人站他们那边，认为他们说得对。这些事实在是太烦了，所以我现在连想都不愿想起她。"

听了秀智的话，夕夜想起了姜瑟琦。新学期刚开始时，大家都在忙着记同班同学的姓名，瑟琦却在那时候被排挤了。瑟琦是一个很爱笑、很会说话的孩子，即便是和不怎么熟的同学，也会主动打招呼，约人家去小卖部。她活泼开朗，有几个人却开始说她"太嚣张了""倒胃口",其中就数张文珠最过分。不管瑟琦说什么,文珠都会嘲讽她嚣张。瑟琦哭也好,笑也罢,甚至生气,文珠都会用那句"别嚣张"来吓唬她。最后瑟琦认输了,收敛了表情,举止也开始畏畏缩缩起来。然而,文珠却变本加厉地说她连呼吸声都吵得不行,让她以后不要呼吸。每当这时,同学们都会一个个聚在文珠身边,像篱笆一样围住文珠。

直到有一天,瑟琦没有来学校。第二天,瑟琦的妈妈找来了学校。

班主任命令大家跪坐在教室的地板上,用教棍连着敲打了讲台好多次。班主任好不容易才忍住满腔的怒气,尽管如此,他愤慨的表情却是无法隐藏的。他一脸愤怒,用如石头般冰冷的声音说道:"朋友遭遇了那样的事,你们却都选择不闻不问,实在是太卑鄙了。身为你们的班主任,我感到很羞耻。女孩子更不可以这样,你们真是无可救药了。"

大家缩着脑袋,承受班主任所有的愤怒和轻蔑。最后,班主任让大家坐回椅子上,给每个人发了一张白纸,让我们给瑟琦写道歉信。大家只得默默地写起信来,这期间很多人都哭了。那天以后,原本对瑟琦没什么兴趣或者心怀愧疚的人都渐渐地疏远了她。文珠的行为很容易被理解,毕竟她一向如此,在念小学时便因欺凌别人而臭名昭著。但是，竟然有人把大家一起遭到班主任训斥的责任归结在瑟琦的身上。

这件事发生以后，文珠身边依然会围着五六个人。

瑟琦依旧是一个人。

夕夜想起开学第一天，走进教室的时候，同一所小学毕业的子英率先和她打了招呼。很快，夕夜和子英的朋友道恩也亲近起来。她们三人一同去吃饭，去小卖部。如果当时子英没有率先和自己打招呼呢？如果自己的什么行为让文珠觉得倒胃口了会怎样呢？夕夜时常会有这样的想法。即便如此，她也没有主动和瑟琦说过话，她担心子英和道恩会不开心，害怕自己会被她们抛弃。每每看到瑟琦，夕夜都会想起这两个朋友。一方面感恩于她们在身边，一方面居然慢慢开始讨厌文珠她们。如果瑟琦是恩菲呢？如果文珠欺负的是恩菲呢？想到这里，夕夜怎么都下不了笔。虽然很想问秀智更多关于恩菲的事，但是秀智也要写作文，不好再妨碍到她。夕夜在练习本上反复写着"门"和"春"两个字，试图找到瑟琦的缺点，找出她遭到排挤的理由。可夕夜却发现了另一个让她难以理解的事实——文珠明明有很大的缺点，为什么她没有遭到排挤呢？那恩菲呢？如果恩菲也遭到排挤，又是为什么呢？夕夜脑袋里挤满了问题。强迫自己硬要找出这些子虚乌有的理由，夕夜觉得这样的自己好卑鄙。

"你要写散文吧？写了多少啦？"秀智凑过来看夕夜的练习本。夕夜本想问她写了多少，谁知脱口而出的话却是："可是，是谁干的啊？是谁排挤了恩菲？"

秀智吃惊地咬住了圆珠笔的上端。

"呃……我也不知道恩菲是怎么和那群前辈走近的，但我也确实看到过好多次。几次课外辅导结束后，我都看到恩菲和那群前辈一起走了。"

秀智咬着圆珠笔。"可是一起走就算是关系好吗？我不太清楚。我虽然见过恩菲和那群前辈在一起，但是我不记得当时恩菲的表情了。不过那件事发生之后，大家就开始说恩菲和那群前辈关系很好，是恩菲想和他们一起玩才会主动勾搭他们的，最后又怕父母知道才会说谎。老实说我也不太喜欢老师说的话，虽然我也确实没有说过恩菲哪里不好啦，只是我觉得坏的明明就是那群前辈啊。可是，不管是恩菲还是那群前辈，老师根本不让我们提起这件事。"

意料之外的回答让夕夜张大了嘴巴。

"你说的那群前辈到底是谁啊？"

"是我们辅导班初三的前辈，都是清湖中学和大成中学的学生……我也不认识，反正是一群有点可怕的前辈。不过前辈们不都是那样玩的吗？我们学校也有初三的前辈和他们认识，之前老师找她们问过情况。她们也是那样说的,说是恩菲自己喜欢和那群前辈一起玩,才会天天追在他们后面。那天……恩菲身上发生的事也不是前辈们强迫她的。可是在那群前辈像混混一样打恩菲、对恩菲做坏事的时候,她们明明不在,一切还不都是听那些人说的啊?"

夕夜自然而然地联想到了偶尔在新闻上看到的报道,以及在有线电台上瞟到过几眼的电影场面。她既想问得详细一点,又有点不想再听下去了。

"我们班长却觉得那群前辈一直都不务正业,恩菲却和他们混在一起,甚至还晚上一起出去,于是把这些都归结为恩菲的错。他还说他身边的大人都是这样说的。总之,老听到这些话,我也有点不确定了。想问恩菲,可是恩菲已经不在了……"

秀智说话的声音渐渐因为咬笔的动作含糊起来。

"既然玩得那么好,他们为什么要打恩菲?"夕旎不知道什么时候回来了,插嘴问道,"还像混混一样打人、做坏事,怎么能算玩得好呢?玩得好的朋友之间才不会那样做呢。"

"就是说啊。"秀智愤慨地用笔敲着笔记本。

"都是群大傻瓜啊。"夕旎一面嘀咕,一面不停地开关手机的屏幕。

夕夜原本并不想让夕旎听到这些,担心夕旎会把事情告诉父母或者是朋友们。

"夕旎,刚才听到的话,你绝对不能告诉其他人。"夕夜百般叮嘱道。

"我知道啦。"夕旎先是应下了,但很快又反问起理由来,"为什么不能说啊?"

夕夜思索了一下,回答她:"因为他们是一群大傻瓜呀。"

最后,夕夜和智秀都没交上作文。夕夜将写满了"春"和"门"以及满页斜线的练习簿塞回书包,又把垫子叠好收了起来。与秀智告别之后,夕夜在手机的通信录里找到了恩菲的号码。她打开短信书写栏,犹豫着望了好久,最后还是关上了。

夕夜姐妹俩在停车场与胜浩碰了头,得知大伯母要过来接他们,三人便在原地等。胜浩将自己领到的面包递给夕夜,夕夜接过后拆开包装,将面包分成三等份,将其中一块递给胜浩:"这次也得奖了吗?""要不然我妈怎么肯来接我们?"胜浩咬着面包回答。

恍恍惚惚地回到家,洗澡的时候,夕夜发现了内裤上的褐色痕迹。她最开始并没想到会是血。虽然她在生理卫生课上学过月经,也知道初潮后该怎么做,可这不过是"了解",与真正面临之间还是横了一道难以跨越的深渊。她一直以为月经会是鲜红色的，以为整条内裤湿透了也很难兜住鲜红的经血，没想到竟然是这样的。夕夜用纸巾擦了擦，发现纸巾上也沾了一样的褐色液体。她叫来夕旎："这是血吧？"夕旎与夕夜关上洗手间的门，进行了一段苦恼的对话。那天晚上，夕夜特意写了很长的日记。她想尽快把手里的日记本写完，好用上恩菲送她的笔记本。

2008年7月14日
星期一

已发生的事和纸不一样,不管怎么撕或烧都无法让它消失,也无法当作什么事都没有发生。尽管如此,我还是想让它消失。爸妈好像也和我一样,想当作什么都没有发生,可他们却在用一个很不可理喻的办法——他们把一切责任都推给了我,希望我从世界上消失。他们想把现在的我变成一个垃圾,扔进垃圾桶,嘴上却说是为了我好,为了我的未来好。明明应该被撕碎的不是我,可现实却是我快要被撕得四分五裂了。

这就像是我睡觉的时候,家里进了盗贼。盗贼的力气比我大得多,周围到处都是可以充当凶器的东西。我醒来发现家里进了盗贼,如果叫出声,他肯定会把我杀了,于是我只能安静地闭着眼,等他出去。假如这时候,我很宝贵的东西让他偷走了，这是我的错吗？就算我奋不顾身地和盗贼拼了，被盗贼制伏了，难道盗贼看到我遍体鳞伤地躺在地上，就会停止偷盗吗？如果我继续抵抗，死在了盗贼手里，就能阻止他偷盗吗？只因为我没有叫出声、没有拼死抵抗，只因为我什么都没有做，那个盗贼就什么错都没有了吗？现在大家都在这样说，比起盗贼，反而是遭窃的我犯了更多的错。大家都说我做了活该遭窃的事。我不知道。我甚至连当时发生了什么都不知道。我当时是那么害怕，可是谁都不愿相信我的话。他们只会怀疑我，指责是我的错，说得像是我的人生已经结束了。他们说，学习那么好又聪明的孩子、平常很能分辨是非的孩子怎么可能一点都不反抗。他们说，最近的孩子可狡猾了。他们说，孩子哭着说的话不能全都相信。他们说，我一定隐瞒了什么……他们一定以为我没听见吧？

当人们质问我觉不觉得羞耻的时候，我不理解。那时候我还没完全弄懂自己的感情，不知道自己是不是该觉得羞耻。现在写下这些我才能确定，我并不觉得羞耻，我很痛苦。和我说这些话的人也该去亲身经历一下。和我处在同样的情况和条件下的人才会明白，为什么我当时什么都做不了，为什么我不觉得羞耻反而觉得痛苦。你们无法理解这一切，为什么还要求我来解除你们的疑心？不管我怎么解释，你们只会觉得是辩解或借口。我为什么要辩解？辩解不该是加害者要做的事吗？难道在你们心里，我才是加害者吗？

　　我一点都不觉得羞耻，那不是我的感情。我什么错都没有。什么错都没有。

2006 年 10 月 5 日
星期四

夕夜的父母凌晨便去了胜浩家。上午九点多醒来后,夕夜煎了两个鸡蛋,从冰箱里拿出牛奶和麦片。穿着睡衣出来的夕旎径直走进厨房,掀开了锅盖。

"没有煮海带汤。"夕旎不爽地说道。

"可能因为明天是中秋吧。反正明天会做很多吃的啊。"夕夜将麦片倒进夕旎的碗里。

"那是给中秋做的,又不是给我生日做的。"

"你不是觉得海带汤太腥了,不爱喝吗?"

"可是你喜欢喝海带汤啊。"

"所以你要喝海带汤是因为我?"

"不。"

夕夜把牛奶倒在麦片上,又把煎好的鸡蛋放在夕旎面前。

"你有什么想要的吗？"

"家人的关心和爱。"

"我是说能用钱买的啦。"

"奥林巴斯数码相机。"

"不超过三万韩元的。"

"嗯，三万韩元也太不好说了吧……"夕旎一边嚼着麦片一边思考着说，"那……姐姐可以和胜浩合买一双运动鞋给我吗？"

于是夕夜给胜浩发了条询问短信，回信很快便到了。

"他说可以。傍晚一起去市里逛逛吧。"

"现在就去不行吗？"

"我现在要去读书室，下周开始就是期中考试了。对了，你们学校什么时候考试？"

"不知道。"

"你明明知道。"

"姐姐，你就不能在家里复习吗？"

"有你在，不行。"

"我怎么啦？"

"你看电视会吵到我啊。"

"姐姐是想考一所很好的大学吗？"

"你说什么呢？"

"那你至于从现在开始就这么拼命学习吗？"

"只有平常努力才能出成绩。初中和小学的考试完全不同，你现在也该知道了啊。"

"我怎么会知道啊！"

"明明就知道。初一时你考完期中考试不还大哭了一场吗？期末考试考完也哭了。你是想一周后再痛哭一场吗？"

"姐姐。"

"嗯？"

"今天可是我生日！"

"生日快乐。你能成为我的妹妹，真是太感谢了。"

傍晚五点左右，夕夜离开了读书室，夕旎和胜浩已经在车站等她了。他们一同坐公交车到市里的商场，逛了许多家店。夕旎看中了一双价格比胜浩和夕夜手里的钱加起来还要贵两万韩元的运动鞋。这让夕旎耍起赖来："我只想穿这双运动鞋。如果让我穿其他的，我宁愿光着脚。"最后还是夕旎自己补上那两万韩元，抱回了心仪的运动鞋。一行人回去的路上还买了个奶油蛋糕。夕旎穿上新运动鞋心情不错，嘴上一直嘀嘀咕咕地停不下来。夕夜一边左耳进右耳出地听着，一边望着将西边天空晕染成暖黄色的晚霞。翠绿的树叶在晚霞的光芒中,随着风肆意地摇曳着。夕夜很想把他们现在的背影拍成照片留作纪念,此刻若是有人把他们的背影拍下来该有多好。轻轻的一声鸣笛打乱了夕夜的思绪,她转身望去,一辆黑色轿车正在慢慢驶近他们。

"家里那么多吃的还买蛋糕啊?"堂叔将胳膊支在窗沿上问道。

"今天夕旎过生日。"胜浩回答道。

"那你们是要一起开生日派对吗?"

"只我们自己玩,不带大人。"

"大人压根儿不知道我今天过生日。"夕旎气鼓鼓地插嘴,尽管如此,声音里依然有着一丝兴奋。

"京浩呢?"

"京浩哥哥都不跟我们一起玩,他只会和大人讲话。"

"京浩和夕夜差几岁来着?"

"两岁。姐和我也差两岁。"心情雀跃的夕旎迅速地回答着堂叔的每一个问题。

"夕夜明年要升高中了吧?"

夕夜闷闷地应了声,总感觉从今年开始这个问题已经听大人们问了一百次了。

"虽说京浩才是长孙，可是看性格，夕夜更懂事一点，还知道在大人们忙碌的日子里照顾弟弟妹妹。"

说完，堂叔便从西装口袋里拿出钱包，掏了几张一万韩元给夕夜，让他们拿去开生日派对。夕夜有点迟疑，并没有接下钱。见状，堂叔直接把钱塞进夕夜的手里，慢慢发动了车，车轱辘扫起一路的尘灰。

"每次见到这个叔叔，他都会给我们零用钱。他的钱包好像会生钱！"夕旎看着远去的车嘀咕道。

自从知道爸爸的工资是由堂叔发的之后，夕夜便再也无法心安理得地收下堂叔给的零用钱。每次她说不用，堂叔都会用"长辈给你零花钱，说声谢谢收下就行了"这套说辞硬塞给她。她不想惹堂叔讨厌。堂叔夸她懂事，她就觉得自己要变得更加懂事才行。以前堂叔总是最先叫夕夜名字，但这次却先叫了夕旎和胜浩，夕夜莫名觉得有点不开心。她捻了捻堂叔给的钱，转身把钱全给了胜浩。

"你给我干什么啊？"胜浩不明所以地问道。

"你不是我们中最有钱的吗？你都拿去吧。"

夕夜扔下一句话，大步向前走去了。

胜浩家不管是厨房还是客厅，甚至是卧室，里面都坐满了吃饭喝酒或是打牌的人。夕夜、夕旎和胜浩夹在一群大人之间快速吃完饭，跑了出去。不知不觉间已入夜，深蓝的天空中闪烁着几点星光。他们刚迈进夕夜家院子，胜浩便提议上屋顶玩。

"屋顶上会有点凉吧？"夕夜有点担心。

"我拿上外套和喝的再上去。"夕旎一边打开里屋大门一边说。

夕夜从仓库拿了垫子，与胜浩一同爬上屋顶。

"秋天都看不见星星了。"铺好垫子，与夕夜肩并肩坐着的胜浩感叹道。

"我看得很清楚啊。"夕夜指了指东边。

"那边的卡西奥佩娅（仙后座）和安德罗墨达（仙女座）正在慢慢往上爬。过段时间看得就更清楚了。"

"要过多久呢？"

"嗯，地球转这么多的时间？"夕夜将手举在空中，张着手掌比画道。

去年冬天，夕夜和胜浩一起看了《古希腊罗马神话》。他们白天看完书，晚上就会爬上屋顶在夜空中寻找读到的星座。

"姐，卡西奥佩娅不是受到坐在椅子上倒挂在空中的惩罚，最后还变成了一个星座吗？宇宙也有上下吗？宇宙也存在正反的区别吗？"胜浩望着东边的天空说道。

小时候，在夕夜的眼里，夜空看起来就像是一个天堂，然而她现在却觉得其中肯定也夹杂了些许地狱的样子。

胜浩躺倒在垫子上，伸了个大大的懒腰。环膝而坐的夕夜也跟着伸直双腿，躺了下来。附近不知是哪儿传来了爽朗的笑声，夹杂着渐行渐近的火车声，夕夜甚至能隐约地听到火车进站的广播声。风静静地掠过，舞起屋顶上沉寂多时的落叶。

"你找到珀尔修斯（英仙座）了吗？"胜浩望着星空问夕夜。

"正在找。"夕夜也在看着胜浩看的那个方向。

"姐，你有喜欢的人了吗？"胜浩转头看着夕夜。

"都说我还在找了。"夕夜的视线依然望向星空。

"不是，我是问你有没有喜欢的人。"

"嗯？"

"大家不都有喜欢的人吗？所以我想问问你有没有。"

楼梯间传来响声，夕夜转头望向楼梯口，先是夕旎的头发，再是她的胸口，最后是她手上拿着的外套和纸箱子。夕旎一屁股坐在垫子上，把外套分给夕夜和胜浩，又从纸箱子里拿出罐装啤酒。

"我一打开冰箱就看到这个了。"

夕旎晃了晃手里的啤酒说道，胜浩惊呼起来。

"啊，不行啦。"夕夜急忙说道。

"那你别喝呗。"

"对，你别喝啦。"

"我说的不是我，是你们不能喝啦。"

"你可以，我们为什么不可以？"

"你之前喝过酒吗？"

"她之前和朋友一起喝过。"

"你们还太小了。"

"你要再这么说，你以后都和京浩哥哥一起玩好了。"

"对，你今天起就去和京浩哥一起玩吧。"

夕旎二话不说就打开了啤酒。啤酒沫喷涌而出，弄湿了垫子。夕夜没说话，往蛋糕上插着蜡烛。夕旎喝了一口啤酒，紧了紧眉头："这是什么味道啊？"

夕旎递了瓶啤酒给胜浩。

"有点像 McCOL[①] 的味道，不过比 McCOL 多了什么味道。"胜浩一边品尝味道一边嘟囔。

夕夜划了根火柴点亮蜡烛，拍着双手打起节奏来。紧接着，胜浩也加入了。正当他们打算唱起生日歌的时候，夕旎抢先唱起了其他歌，还没唱几句，夕夜和胜浩也跟着唱了起来。遇到

---

① McCOL：1982 年开始生产销售的大麦味碳酸饮料品牌。

不会的地方就随便哼过去，继而又一起大声唱起"不要走，不要走，请不要走"。夜风趁机吹灭了蜡烛。唱完后，三人拍着肚子大笑起来。

"我说你是怎么知道这首歌的呀？"夕旎问胜浩。

"我也不知道，反正就会了。"

"什么呀。我们居然都会唱！"夕旎笑得眼泪都快掉下来了。

"话说这首歌叫什么来着？"胜浩问道。

"《火金姑》。"

"火金姑是什么？虫子吗？"

"萤火虫啊。"

"萤火虫就是'火金姑'吗？"

"可是过生日为什么要唱这首歌啊？"

"不知道，就突然想起来了。"

"可是萤火虫为什么又叫火金姑啊？"

"别名吧。你不是也会叫李胜浩'白熊'吗？"

"白熊？胜浩是白熊吗？"

"现在也是，只要有人叫一声白熊，他就会回头！"

笑声慢慢平复下来。

夕旎喝了口啤酒说："我们以后过生日都唱这首歌吧。'祝你生日快乐'太没意思了，总是唱着唱着就没精神了。"

"这首歌歌词有点太悲伤了,在生日时唱的话不太合适吧?"

"开头不是出现了火金姑墓吗?火金姑是火金姑,才不是萤火虫呢。"

"明明你连火金姑是什么都不知道。"

"你不是也不知道吗?!"

"我知道啊,叫着叫着就会睡着的虫子都是火金姑啊。"

"可是以后每次过生日都要唱这首歌!"

夕夜重新点亮蜡烛,夕旎带头唱起了歌。三人一边拍着手一边抖着肩膀,甚至还站起来跳起了舞。一声汽笛的长鸣从远方悠悠传来。

2007 年 3 月 19 日
星期一

今天傍晚是广播部的第一次集合。高三的前辈们买来很多吃的，她们和我们每个人都单独打了招呼，搞得我超级紧张。闵素妍前辈也来了。她介绍自己的时候，所有人都欢呼起来，仿佛看到了明星一样。前辈夸我的入部申请写得很好，我脸红得一句话都说不出来。很多人是想要以后做新闻主播或导演才加入广播部的，没有多少人想写稿子。我们高一的时候先跟着前辈们学习，升到高二就可以写稿子了，据说还可以自主决定用什么音乐。不过，那得一直留在广播部才行。听前辈说很多人都会在中途退出。大家一边相互打着招呼，一边吃着前辈们买来的蛋糕、面包和紫菜包饭。吃完后抽了签，我和恩书抽到了每周一中午的值班。对了，恩书是五班的，初中念的是大正女中。她有一头乌亮短发，比我足足高了一拃，笑的时候好像会习惯性地将头低下来轻轻地摇晃。我真喜欢她那副模样啊，所以我一直都很期待看到她的笑容。恩书并不是一个话多的人，说话的时候字正腔圆。存我的手机号时，她赞叹了一下我的名字好听，然后又那样笑了。今天我认识了闵素妍前辈，还遇到了恩书，加入广播部真是一个正确的选择。不过竞争好像蛮激烈的，还好我的运气不错。我一定要坚持到最后，等高三的时候也要像前辈们一样买一堆吃的给后辈。

2007年4月11日
星期三

今天在数学课上打盹儿被老师发现了,我都不知道自己睡着了。我只是在看黑板的时候合了合眼,再次睁开眼睛,我已经趴在桌子上了,然后就听到老师在叫我的名字,我急忙抬起头,老师说如果犯困的话就去教室后面站着听课。这要是英语老师,我肯定会面红耳赤地被狠狠教训一顿。数学老师这么好,我也想学好数学,可是数学实在太难了,期中考试可千万不要考砸了。在老师叫我名字、我快要醒来之前,我好像正在做一个很美很美的梦。要不然我也不会觉得老师的声音是那么甜美温柔。也正因如此,醒来时才更加吃惊。美梦破碎,浑身都像是淋了冰水一样打了个寒战。最近每天都好困啊,课间一直在打盹儿,甚至连课上也时不时会眯一下。睡醒了还是困,就想一直睡下去。这让我想起刚升初中的那段时间。那时,刚开学的几天,我每时每刻都在等着放学回家。虽然那时候也很累,但从没有像现在这样莫名其妙地在课堂上睡着。难道是我还没适应高中生活?还是说,我已经完全适应了?到底是因为适应了才打盹儿,还是因为没适应才打盹儿呢?未来三年我该不会都得在打盹儿中度过吧?睡神啊,求你别再来了,离开我吧!今天来月经了,我先去找秀晶借了张卫生巾救急。然后在去小卖部买卫生巾的时候遇到了闵素妍前辈,前辈还给我买了巧克力。但我没舍得吃,放进了储物柜。晚自习的大半时间我都睡过去了,之前定的计划列表连一半都没有完成。没有完成的计划就这样堆啊堆啊,渐渐地堆成了一座大山。

2007年4月13日
星期五

早上等公交车去学校的时候看到了堂叔。马路对面突然传来一声刺耳的鸣笛，看过去才发现是他。堂叔打开车窗，大声叫我的名字，搞得周围的学生都盯着我看。堂叔将车掉了个头，停在我面前，说要送我去学校。堂叔说我们学校有着优秀传统，以前甚至还培养出一位法官。堂叔说和校长以及某某老师都认识，下次再见到校长要让他多关照一下我。我很强硬地拒绝了，让他和谁都别提起我。堂叔问我是不是觉得有负担了。当然会有负担，我可不想成为被校长点名的学生。等红灯时，堂叔问我知不知道他的手机号码，然后递了一张名片过来。名片上有一行字体粗大的公司名，还有满满的小字，写着什么委员长、副会长之类的，也不知道那么多的工作他是如何兼顾的。堂叔今年多大了呢？我到现在也猜不出大人的年纪，他应该有三十好几了吧？之前听长辈们夸堂叔很了不起，说他年纪轻轻就有了这么大的成就。到底多大才算"年纪轻轻"呢？我们学校曾经培养出一位法官的事也是堂叔告诉我的，我不怎么喜欢这样说话的人。人家又不是因为毕业于我们高中才变成法官的，这不是他辛苦学习的功劳吗？大人总喜欢找各种奇怪的借口，把毫无关系的事联系在一起。我有时候觉得堂叔人不怎么样，因为他什么事都喜欢用名声和金钱来衡量好坏。不过老实说，大人不都这样市侩吗？爸爸妈妈也这样。难道只有大人才这样吗？我朋友也这样，而且我也不敢保证我以后不这样。可是我真的不想变成这样的人，我觉得一直保持这样的信念才是最重要的——至少不那么市侩。我记得我把堂叔的名片塞进了校服口袋，回家后却怎么都找不到了。

2007年4月17日
星期二

今天等公交车的时候又遇到了堂叔，他又送我去了学校。堂叔还说他以后可以每天都送我上学，除非出差或者是有急事，其他时候都可以。我婉拒了。堂叔又说反正他也要上班，私家车总比公交车坐着舒服吧。我急忙说我喜欢坐公交，再次拒绝了他。结果堂叔又劝我别想那么多。可是我觉得有点太麻烦了，每天还要和堂叔约定碰头时间，所以我还是回绝了。我一直担心直接对长辈说"不要"太没礼貌，所以每次说的都是"没关系"。现在想想，不仅仅是堂叔，其他人的反应也都是这样。连我的婉拒都听不懂，还不停重复着同样的话，让反复说着"没关系"的我越来越介怀。我明明很感谢堂叔开车送我上学，交谈完之后，心情却莫名其妙地不爽起来。到学校后，我和思书说了这件事，思书说她也和我有同样的感受，她说她一般回答过一次就再也不开口了。我说我是一个不会拒绝的人,不知道能不能做到她那样,她就让我和她一起练习。"你先说个'不要'。"恩书说。那时我想,对着恩书实在是说不出这句话来。于是我告诉她,对着她练习不下去。"你快说'不要'啊!""我不。""快说啦!""我不要!"我们一边重复这样的对话一边捧腹大笑。今天说了那么多"不要",我都快忘了它是什么意思了,只觉得它好陌生。

2007 年 4 月 22 日
星期日

今天和夕旎还有胜浩去赏花。骑自行车到江边时，江边早已熙熙攘攘。我们一路找着人少的地方，不知不觉骑到了井安里。我以前坐公交车只是从这里经过，没有走进镇子里看过，不免有些紧张。不过还好夕旎和胜浩也在，所以我也不是很担心。我们沿着田间小路走了一会儿，看到一个果树园和小山岗。果树园旁边的小路上种了一排大小不一的樱花树。附近既没有人家，也没有车与人路过，只有我们和树木，还有飞舞的樱花。樱花花瓣纷然而下，给地面铺上一层粉白色。一阵风拂过，粉白色花瓣自地上扬起，打着旋翻滚起来。我们今天特意带了老式胶卷相机出来。用手机拍照虽然方便，但总会懒得打印出来。我们一会儿聚在一起拍合照，一会儿又给彼此拍独照，很快胶卷就全用光了。

后来，我们坐在大树下聊天，胜浩和我们说了一个秘密。那真的是一个秘密，所以我不会写在日记里。夕旎听完胜浩的话后情绪很激动，我没有说什么。其实我也和胜浩有着一样的秘密。如果今天只有我和胜浩两个人，我也会把我的秘密告诉他。

回家后，我们去小吃店点了紫菜包饭、方便面和猪排，一起分着吃了。吃完饭，感觉失去的精力都恢复了，于是又一路骑到了县洞。我们在废校的游乐园里看了夕阳。好后悔啊，早知道就该留几张胶卷拍夕阳。

好久没有和夕旎还有胜浩一起度过一个完整的周日了。小时候基本上天天都在一起玩，现在已经渐渐抽不出时间来了，以后机会只会越来越少吧。之前听到大伯母和妈聊胜浩的事情，说胜浩可能是到了青春期，话越来越少，也不怎么爱待在家里。偶尔愿意待在家里时，也不会离开房间一步。大伯母表示胜浩是一个性格温顺的孩子，本来没想过他青春期会这么逆反，现在看胜浩突然这么反常，不得不有点担心。今天和胜浩待了一天，嗯……我觉得他的话好像确实变少了点，可是他原本就不怎么爱说话啊，而且也没有感觉到大伯母说的那种敏感和逆反。虽然人确实变得有些阴郁了，可是夕旎和我不也一样吗？我们身上都有阴影，我从不认为那是什么不好的东西，正相反，有时候恰是这些阴影才造就了独一无二的一个人。

大人们可能没有察觉，但我偶尔也会这样，想呼天抢地，想痛哭流涕，甚至想一死了之，觉得自己一无是处，觉得未来一片茫然，觉得人生何其不幸。有时候我会因为一个奇怪的笑点而笑得前滚后翻，怎么都停不下来；有时候随便一个人都能让我心跳加速——不对，其实也并不是随便谁都行啦。

有时候，我觉得好像已经把人生走过了一遍，有时候又觉得自己像被关在一个玻璃球里，而成年后的我正在球外面看着里头的我。这是我真真切切感受到的心情。

我甚至还觉得看到了那个成年后的自己。成年后的我浑身散发着一股年轻阿姨的气息，看似比现在干练，却依然平凡至极。成年后的我会听一些难懂的音乐，甚至还能记住这些音乐的名字。成年后的我永远都是一个人走。奇怪的是，那个我只存在于秋天。在秋天的背景下，穿着秋天的衣服，打着哆嗦。

胜浩自从升上初中就再也没有去过教堂，小学时他好像也只是因为教堂里有很多一起玩的朋友才会去。虽然胜浩不去教堂了，但从去年起，爸妈却开始认真地去教堂"打卡"，大概也不是因为上帝，而是因为教堂里朋友比较多吧。

白天应该捡点樱花回来，把樱花插在书架里，以后找书看到了还能想起今天。

废校的体育场也种了樱花树。夕阳西下，微风中还夹杂了一丝紫丁香的香气。这时候紫丁香应该还没开啊，看来废校的某个角落里，种着一棵没有按部就班、早早开放的紫丁香。

井安里的小溪清澈见底。我伸手探了探水温，冰得和冬天的门把手一样。

胜浩又长个子了。他一直比我高，所以我也说不清他到底长高了多少，但我明显感觉他最近身高又蹿了不少。今天胜浩一直都在不知疲倦地猛踩脚踏板，我不知说了多少遍"骑慢点"。

我很喜欢夕旎的敏感，不敏感，那还是夕旎吗？不过有时候，我怎么都理解不了她为什么要突然发脾气。夕旎看我是不是也一样呢？

今天坐在樱花树下玩的时候，提到之前去庆州玩的事，夕旎用了"灿烂的坟墓"这个词。每当夕旎若无其事地说出这样的词语，我都会在心里暗自感叹。

真希望今天可以永远不结束，日记也可以一直写下去。

2007年12月24日
星期一

夕夜和夕旎肩并肩地站在平底锅前煎着泡菜饼,胜浩打开玄关门走了进来。"你手上拿的是什么啊?"夕旎望着胜浩手上的纸袋。胜浩打开纸袋给夕旎看了看,里面安静地躺着几个烤红薯。他们把小桌子搬去夕夜的房间,又把吃的端了进去。在脱掉外套之前,胜浩居然还从外套的口袋里掏出了橘子来。外面的口袋加上里面的口袋,他一共掏出了十多个小橘子。夕夜则是打开电脑,在电影文件夹里找到《情书》,按下播放键。之后,三个人无言地看完了整部电影。这是夕旎去年定下的规矩——看电影时要沉默不语。

"是因为对方长得像自己的初恋才爱上对方的吗?"

电影一结束,夕旎便开口问道。她的声音夹杂着些许怒意。

"只是自己喜欢的类型比较明确吧!你想想以前喜欢过的

人，是不是都长得差不多？"

"我只喜欢过一个人耶。"

"到现在为止，你只喜欢过一个人？"

"嗯。"

"是谁啊？"

"等我不喜欢他了，我再告诉你。"

"看来是单恋啊。"

"你呢？"

"我怎么了？"

"你喜欢的类型很明确吗？"

"嗯。"

"你喜欢什么类型啊？"

"我喜欢的人。"

"你喜欢的人就是你喜欢的类型？"

胜浩剥着橘子皮，点了点头。

夕夜想看看外面有没有下雪，起身拉开了窗帘。于是她看见了漫天繁星，同时耳边传来玄关门打开的声音和父母的谈话声。"是胜浩来了吗？"妈妈问。胜浩立即站起来打开房门，和妈妈打了招呼。

"我们出去吧。"胜浩边穿外套边说道。

"天那么冷还要出去啊?"夕旎用毯子围住肩膀。

"不怎么冷啦。"

"那你要去哪儿啊?"

"去哪儿都行。家里太闷了。"

夕夜默默地打开衣柜,取出外套穿上。胜浩从衣架上取下一条围巾,递给夕夜。夕夜一边轻轻拍打着围巾,一边回味着胜浩和夕旎的对话。她想起自己之前喜欢过的人,思考着这些人相似与否。

"好想去看海啊。"

胜浩打开大门。

"喂,你不是说不冷吗?"

夕旎冷得急忙戴上外套的帽子,给胜浩的后背来了一拳。

"我们明天去正东津①吧!"

"爸妈应该不让去吧。"

"我们三个一起去,应该会同意吧。要不别说了,直接去也行。早上出发,晚上再赶回来呗。"

"那辅导班怎么办?"

"明天不是标红的日子②吗?"

---

① 正东津:位于韩国江原道江陵市正东津里的一个海边,以近观日出而闻名。
② 标红的日子:日历上用红色标注的日子,即星期日以及法定节假日。

在路灯的映照下，三人的影子时而重叠在一起，时而两两相交，最后合而为一。胜浩和夕旋有一搭没一搭地讨论着明天到底要不要去看海。夕夜在旁劝解："我们还是先决定好现在要去哪里吧。"是去 KTV，还是去咖啡馆坐坐呢？或者是坐公交车去市里逛一圈？三人聊着聊着便到了十字路口。口袋里传来一声短信提示音，胜浩掏出手机查看。

"要不我们去看烟花吧！待会儿江边会放烟花。正宇发短信约我一起去看。"

"对哦，我之前也看到宣传的横幅了，说是江边要举行什么庆典。"

"嗯，就是那个，说是庆典最后会放烟花。"

三人向江边走去。在乐天利快餐店的门口，他们见到了胜浩的两个朋友。夕旋认识他们，夕夜虽然不认识，却也觉得有点眼熟。

"他是正宇，他是泰熙。我们在上同一个辅导班。"

夕旋向夕夜介绍了胜浩的两个朋友。夕旋、正宇还有泰熙走在前头，夕夜和胜浩慢悠悠地跟在他们身后。

"他很会跳 B-Boying[①] 哦，还参加过全国比赛呢！"胜浩

[①] B-Boying：是像 Breaking 一样众所皆知的 Hip-Hop 舞蹈的一种，源自纽约的布隆克斯。

指着泰熙说。

"你最近不画画了吗？怎么都没见你参加比赛了？"夕夜转头问道。

"早不画了啊。"

"为什么啊？"

"我升初中之后就把美术辅导给停了。"胜浩没忍住，扑哧笑出了声。

"半途而废多可惜啊。"夕夜有点惋惜。

"我根本不这么觉得，我什么想法都没有。之前画画也是因为爸妈让我画的，而不是因为我喜欢。"

听完胜浩的话，夕夜想到了自己——自己是因为喜欢写作才参加写作大赛的吗？想着想着，夕夜的思绪又飘到了恩菲的身上。在用恩菲送的笔记本写日记的时候，夕夜还时常会想起恩菲，可是后来不知不觉就忘了她。几年前在写作大赛上听到恩菲的事情时，夕夜只是感到震惊。现在再回想起来，却是完全不同的想法。好奇恩菲为什么消失，好奇欺负恩菲的那群人后来怎么样了。如果恩菲没有离开这里，这么多年总能碰到一次吧？就在这时，迎面走来五六个一身黑的男人。他们一边走，一边不停地大声讨论着什么。夕夜直直地看着他们，心想，恩菲一定失去了很多东西，而我失去了恩菲。不仅仅是失去，我甚至连失去了她这个事实都给忘了。恩菲会怎么想呢？她会不会希望我不要忘了她呢？可是"不要忘了她"又是什么意思呢？我既不知道她现在在哪儿，也不知道她过得怎么样，只是这样天天记着她，又有什么意义呢？……狭窄的人行道两旁排满了浓密的林荫树和路灯。夕夜不停闪躲路上的男人们，差点晃到车道上。她一手扶上林荫树，支撑着身体，捋清了思绪。这时她才明白恩菲早已和那件事无法分割了。只要想到恩菲，她就会自然而然地联想起恩菲所遭遇的事情。现在无论在谁的记忆里，恩菲怕也再难是自由之身了吧……这时，夕夜对面走来两个女人。夕夜想象着，如果她们其中一个是恩菲，她可以做到开心地笑着和恩菲打招呼吗？"你过得还好吗？过得怎么样啊？怎么都不联系我啊！"她可以问出口吗？问出来了，恩菲又会怎么回答呢？如果恩菲奇怪地道起歉来该怎么办？如果因为她小心翼翼的态度而让恩菲更痛苦又该怎么办？想得越多，夕夜越是陷入深深的自责和无力感中，难以自拔。现在她有点明白恩菲选择消失的理由了，这是她三年前怎么都想不到的。恩菲的遭遇后知后觉地狠狠压向夕夜：换作是我会怎么做呢？我又会怎样活下去呢？

"姐，你怎么了？"

胜浩一把抓住夕夜的胳膊。

"你这是怎么了?"

胜浩抓着夕夜的双臂,把她拖回人行道里侧。夕夜这才从思绪中走出来,回到了现实。她来回张望,却没有看到夕旎。

"夕旎呢?夕旎去哪儿了?"

"她过马路了,去江边了。你刚才一直都在急匆匆地往前走,怎么叫都叫不住。"

夕夜依然四处寻找着夕旎。

胜浩在旁静静地看着她,小声嘀咕道:"你到底怎么了?是在想什么啊?"

夕夜看着胜浩的表情,想象自己现在是一副怎样的表情。

"我……不想去了。"

夕夜觉得那群人肯定也去江边了,他们肯定在庆典上玩得很开心。

"知道了,那就不去了。"

"我也不想让夕旎去。"

"好,我打给她。"

胜浩一边掏出手机,按下快捷通话键,一边抓着夕夜的胳膊转身站上了旁边一栋楼的台阶。夕旎好像没接,胜浩挂掉又重新拨了一遍。夕夜默默地站在旁边,咬着嘴唇望着人来人往的街道。过马路的人,站在斑马线前等红绿灯的人,开车的人,抽烟聊天的人，不管去哪儿都可以看到再平常不过的人。他们也许就在人群之中，还有包庇他们的人，以及早已忘却他们的人。

"夕旎很快就过来。我让她过来找我们了。"胜浩挂掉电话说。

"她一个人过来吗？"

"应该吧，我也不知道。"

夕夜走下台阶，开始往前走。

"你去哪儿啊？"胜浩急忙跟在后面。

"我去接夕旎。"

"我都让她过来找我们了，要是走岔了……"

夕夜依然没有停下脚步。

"那我陪你。"胜浩紧跟在夕夜身后说道。

"我陪你一起去，姐。"

2008 年 7 月 14 日
星期一

撕不碎,也不可以撕碎。撕碎了,就无法说明这一刻的我了。这一刻很重要,比美好的过去重要,比可期的未来重要。这一刻的我还活着,活着才有未来。我一定会有未来。

那些以为我能有三四次人生的家伙,说什么事已至此覆水难收、只当这辈子算我倒霉的家伙,这种事怎么可以归结到命数上、归结到霉运上?说得仿佛只有他的人生才是不可重来的一样,还让我别因为那一次失误便毁了他的人生……那个人早已经无可救药了。他不仅毁了自己,还毁了我!

可是大伯却说我做错了。
大伯母说这件事已经传开了,而吃亏的人只有我。

奶奶还说，不管是谁都曾经历过类似的事情，但是随着时间的流逝，记忆总有一天会模糊，到时候还可以若无其事地与那个人低头不见抬头见。只要我看开了，大家就能轻松起来。

"你一个女孩子，又是抽烟又是喝酒的，我还以为你有多文静老实呢。我听警察说你已经不是处女了，那你们之间到底谁扑倒的谁还不好说呢。"——谁能想到这些话竟然是从校长嘴里说出来的？

"女孩子家的也太大胆了吧，一个人就敢到小路上去。如果你当初没有跟去那种地方，这种事又怎么会发生呢？孰是孰非，真要说下去的话，可没完没了了。"——再看看果树园那个姑妈说的这些话。

没有一个人站在我的立场上说话，他们根本就不想替我说话吧。他们都认为自己绝对不会发生和我一样的事。他们怎么可以这样呢？如果我能理解他们，是不是就可以看到下一段人生的起点呢？有没有办法不删除记忆，只删除感情呢？堂叔肯定不想理解我吧，但是我却想理解他。因为我很痛苦，因为不知道他为什么要那样对我而痛苦。他分明可以不那样做的啊。他怎么可以那样对我？什么才是理解呢？知道就意味着理解吗？如果我知道了他为什么要那样对我，如果我能理解他，那此时的我还会存在吗？理解了他，我就可以挺过去吗？

大家都知道我遭遇了什么，他们让我把这件事当作灰尘一样抖落掉——那怎么能是灰尘呢？那分明是能压死我的泰山，压得我无法动弹。我还活着，我可以动。我可以走路，可以看见东西，可以说话，可以跑步。我还可以笑，可以哭，可以做出判断。我可以写东西，我正在写，我可以的。

2008年7月14日
星期一

雨从凌晨便开始下了。到了早晨,窗外却还是一片漆黑。夕夜起晚了。"姐,我先走啦!"夕旎扔下一句话便跑出了家门。夕夜吹干头发,换上校服,背上书包,打开了玄关大门。撑开雨伞桶里仅剩的最后一把雨伞,夕夜发现伞坏了,伞骨撑不住了。她只能用一只手撑住雨伞,走出家门。在前往车站的中途,夕夜跑进便利店买了把塑料伞,扔掉了坏的,这才又急匆匆地去等公交车。倏地,一辆轿车停在夕夜面前,"雨下得这么大,快点上车吧。"堂叔看着夕夜说道。可能是担心夕夜会迟到,他把车开得比平常快了许多。夕夜踩着点儿到了学校,若是坐公交车肯定会迟到,夕夜心中庆幸着,还好那一刻堂叔出现了。午休的时候,夕夜收到了胜浩发来的短信,问她今晚要不要上晚自习。夕夜回复说翘课了也无所谓,胜浩则说晚上在老地方等她。外面的雨时小时大,怎么都不见停。傍晚时分,夕夜走出学校,乘坐公交车来到家附近。她耳朵里塞着耳机,慢悠悠地向火车站走去。夕夜很享受此刻躲在塑料雨伞下,听着喜欢的音乐。携风伴雨地漫走在夏季中,她喜欢这样的感觉。甚至连没吃晚饭的些许饥饿感,她都很喜欢。夕夜转身走进便利店,买了一份三明治和一瓶可乐。火车站前的广场向左五十米处有一个停车场,再往里走会看到一片小树丛,小树丛里有两个生锈的集装箱。集装箱里堆满了麻袋和杂物,袋子里装的不知是无用的物品还是肥料或水泥。夕夜和胜浩是在去年春天发现这里的,之后便经常约在这里见面。走过站前的广场,穿过停车场,夕夜打开了集装箱的门。胜浩还没来。夕夜走进集装箱,打开角落里塑料收纳柜的抽屉,里面放了一盒香烟和一个打火机。夕夜放下书包,将烟咬在嘴里,点燃。夕夜摘掉耳机,转过身,看到堂叔站在集装箱门口。她浑身一颤,嘴里的烟掉在了地上。"我在便利店门口就开始叫你了,你的耳机音乐声开得有点大了。"堂叔尴尬地笑了笑,走进集装箱,捡起夕夜掉在地上的烟递给她,"没想到你竟然会抽烟,可你的烟是从哪里弄来的?买的时候不检查身份证吗?"夕夜直愣愣地接过烟,闪躲着堂叔的视线。"没关系,想抽就抽吧。"堂叔说,"我可不是那么死板的人,我也是你这么大的时候开始抽烟的。你不也快成年了吗?明年就成年了吧?"夕夜戳了戳烟头,灭掉了烟。堂叔似是觉得夕夜的举动很滑稽,大声笑了出来。他留下一句"你在这里等我",便走出了集装箱。如果堂叔把自己抽烟的事告诉其他大人怎么办?夕夜有点担心,脑海里浮现起之前堂叔提到的校长。他该不会是去报警了吧?摇摆不定的夕夜最后决定等一等,等等看堂叔怎么说,再拜托他不要告诉其他人。堂叔很快便回来了,手上多了一个黑色的塑料袋。只见他从黑色塑料袋里掏出一盒烟,放进抽屉里:"这是堂叔给你的礼物。"他身上弥漫了一层令人作呕的酒味。说完,他又从塑料袋里掏出啤酒和紫菜包饭等东西。"晚上和一堆不怎么熟的人喝了酒,现在都有点饿了。"堂叔解释道。"你晚饭吃过没?"堂叔拉开了啤酒的瓶盖,"没关系,不要害怕。也许你现在觉得抽烟是什么大错,但以后就会发现这都是回忆。我每次看到你都会想起自己当年的模样,现在也一样,你真的完全不用担心啦。"他把塑料盒倒扣在地上,坐了上去,并且示意夕夜也坐下。夕夜听话地坐了下来。堂叔递给夕夜一瓶啤酒,夕夜静静地接过,并没有往嘴里送。不知不觉间,黑暗偷偷笼罩了整个集装箱,外面的雨声也越来越大。堂叔吃完紫菜包饭,将啤酒一口饮尽。"我每次看到你都很高兴,想为你做点什么,也希望你能对我亲近一点,可是你都不肯给我机会啊。希望我们之间可以借此机会亲近一点。有什么不敢和爸妈说的都可以来找我,堂叔什么事都可以帮你。时间过得好快啊,等你以后走上社会了,肯定会很受欢迎。现在也有不少男孩子喜欢你吧?"喝了啤酒的堂叔渐渐话多了起来,夕夜也不像之前那么紧张了。她感觉堂叔在努力安抚受惊的自己。仔细想想,确实是这样,每次都是堂叔先和自己搭话,率先表示亲近,体谅自己。这样看来,堂叔应该不会把这件事告诉其他大人。堂叔让她别把事情想得这么复杂,她当然也不想自找罪受。夕夜轻松下来,抿了一口啤酒。见状,堂叔又给她开了一瓶。堂叔一直都在絮絮叨叨地说些什么,夕夜则在一旁老实地听着,偶尔也会笑着反问几句。渐渐地,夕夜开始觉得无聊,她伸直双腿打了一个哈欠。就在这时,堂叔大步走向夕夜。他一边解着皮带,一边单手按住夕夜的头。夕夜感觉自己的脖子都要被他压断了……

"堂叔是真的很喜欢你。"他说,"别哭了,堂叔这样做还不是因为喜欢你吗?你是一个很特别的孩子,堂叔实在是太喜欢你了。"堂叔扶起夕夜,拍了拍她校服上沾到的污水,又把垃圾扔在塑料袋里,开始整理集装箱。"堂叔以后还是会继续照顾你,也会继续对你负责。下次还在这里一起玩吧。嗯……还是不了,下次堂叔带你去更好的地方吧。"打扫过后,堂叔推开集装箱的大门,撑开雨伞,对夕夜挥了挥手。他一边替夕夜撑着伞，一边用胳膊环住她的肩膀。夕夜一点声音都发不出来，木木地看着前方。快到停车场的时候，堂叔掏出了车钥匙，说有话要和夕夜说，让夕夜上车。夕夜坐在车上，望着站前的广场。广场前竖着一排路灯，灯下有来往的人群。堂叔坐上车，微笑着对夕夜说："你也不用把事情想得太复杂了，你爸和我一起干了这么多年，以后不也得一起干下去吗？你要是把我们的关系搞得尴尬了，对谁都不好啊。你又不是不知道堂叔是什么样的人，以后不管你做什么，堂叔都可以帮你。所以，今天我们之间发生的事情，还有以后将要发生的事情，你可不能告诉任何人啊。这点道理你应该知道的吧？毕竟你这么成熟，这么懂事，不需要堂叔担心吧？"夕夜点点头。"你果然和其他孩子不一样。"堂叔夸赞道。他抚摸着夕夜的身体，径自把嘴巴凑了上去。突然，他的手机响了。堂叔没看手机，继续吻着夕夜，然而铃声并没有作罢的意思。他只得无可奈何地清了清嗓子，接通了电话。见状，夕夜推开车门，说自己先走了。堂叔一边聊着电话一边试图挽留夕夜，夕夜却直接关上车门，朝着站前广场的方向飞快地走去。夕夜像是被剐掉了一块肉一样，浑身都痛，两条腿一点力气都没有。她感觉堂叔很快就要追过来了。夕夜匆忙地转身拐进火车站，站内白色的荧光灯明晃晃的，刺得她眼睛都睁不开了。夕夜跟跄了一下，天旋地转。她感觉堂叔随时会追进站里来。夕夜不敢停歇,晃身躲进女洗手间。她拉开一个空的隔间,锁上门,蜷缩着蹲坐在地上,感觉自己像是做了一场梦,明明发生了什么,她却无法回想,也无法给这件事下结论。她甚至不知道自己现在为什么要躲进火车站的洗手间。她来赴胜浩的约,可胜浩没有出现,堂叔却出现了。夕夜掏出手机,打给胜浩。胜浩没有接。她挂掉电话,又拨了一次。又拨了一次。又拨了一次。胜浩到最后也没有接。

Chapter 2

第二章

2008年7月14日
星期一

　　胜浩从五岁起就会骑自行车了，小学和初中都是骑自行车上下学。他曾多次和朋友们一起骑两小时的自行车去游乐场玩，也会在放假期间骑自行车去隔壁市玩。他对自己的骑车技术信心满满。

　　那天，胜浩单手骑着自行车，另一只手举了把雨伞。他骑过警察局和区事务所，过了十字路口，从邮局门口开始，他收起伞，将伞夹在下巴和肩膀之间。经过小学和文具店，拐了一个弯后又打起伞。当自行车拐上舒缓的下坡路时，雨势变大了。胜浩一心只想快点到达集装箱，不想让夕夜等他。虽然随着摇晃的自行车，雨伞时不时会遮住他的视线，但他对这条路再熟悉不过，骑过太多次了，闭着眼睛都可以走，甚至连红绿灯变换的时间都了如指掌。胜浩轻轻握住刹车，准备掉转自行车的车头。就在这时,眼前突然冲来一辆观光大巴。一声刺耳的刹车声响起,胜浩摔了出去。救护车很快就到了,先是带胜浩去市里的医院做了应急处理,之后便将他载去了广域市①的大学附属医院。

尽管已经转到了普通病房,胜浩还在昏睡。每次从睡眠中短暂醒来,胜浩都会思索同一个问题——自己为什么会躺在这里。第一次醒来,他在一片明亮里看到了妈妈。第二次醒来,他看到了爸爸。第三次醒来,看到了奶奶和姑妈。第四次醒来时,他看到了班主任。夕夜姐姐和夕旎是什么时候来的,又是什么时候走的呢?意识模糊的胜浩在心里琢磨着。她们肯定来看过我了,只是因为自己一直都在睡觉,才没有看到。想到这里,胜浩又沉沉睡了过去。

某个傍晚,胜浩在从睡梦中醒来、意识又渐渐模糊的时候听到了长辈们的声音。"李社长那个浑蛋从下午开始就去赴酒席了……他浑身酒气地跟着过去了……夕夜说是没有人看到,就在那边那个集装箱里面……不知道啦,只有夕夜那丫头在闹,她甚至还跑去警察局报警了,李社长说是他们彼此喜欢……"胜浩张嘴叫了声"妈妈",然而妈妈却在忙着聊天,并没有注

---

① 广域市:大韩民国的中央直辖市,现共有六个,即釜山、大邱、仁川、光州、大田、蔚山。

意到。胜浩又叫了一声,妈妈这才将视线下移到胜浩身上。

"姐姐她……"

"这孩子是在说梦话吗?"

"姐姐怎么了?"

妈妈叫来了护士,护士叫来了医生。妈妈开始到处打电话。又一阵睡意袭来,胜浩拼尽全力想要保持清醒。他必须弄清楚自己刚刚听到的是怎么一回事。

2008年7月14日
星期一

握着手机的夕夜陷入了迷惘，现在又应该联系谁呢？她想到了夕旎，下意识地就拨通了电话。嘟声刚响起，她便惊恐地挂断了电话。她有点害怕，该和夕旎说些什么？该如何说起？竟然发生了这种连自己都无法理解的事情，又怎么和夕旎说呢？这时，掌心中突如其来的振动吓得夕夜浑身一颤，手机摔落在地上。屏幕上亮着的是夕旎的名字，夕夜按下接通键。"姐姐，怎么啦？电话怎么刚打过来就挂断啦？"电话对面的夕旎似乎正在走路。"你现在在哪儿啊？"夕夜开口问道。"辅导班刚下课，我打算和朋友们一起去吃个炒年糕再回家。"夕夜再张不开口了，只是静静地握着手机。"你现在在哪儿啊？学校吗？"夕旎问道。"啊……啊，我没在学校。"夕夜回答她。"那你在哪儿啊？在家里吗？"就在这时，广播里响起了火车开车的通知，洗手间里充斥着刺耳的播报声。"这是什么声音啊？"夕旎疑惑地问夕夜。"我在火车站。""你现在在火车站？为什么啊？"夕夜并没有回答。"姐姐，到底怎么了？你有点奇怪啊。你在火车站干吗呢？"夕旎的声音比刚才小了一点，看来是在担心自己。"胜浩也和你在一起吗？"夕夜打破沉默。"胜浩今天没来辅导班。"广播里还在重复着开车通知。夕旎再一次问起夕夜为什么会在火车站。匆忙之下，夕夜只得编个借口搪塞过去，说自己只是路过进来上个洗手间，本想打电话给妈妈结果拨错了号码。夕旎告诉夕夜妈妈在家里，夕夜便挂断了电话。夕夜实在没有勇气一个人走出火车站，她想打电话给妈妈，让妈妈来接她。可是她又该怎么说呢？妈妈绝对会觉得古怪，这样她又得和妈妈解释。可她该怎么解释？要从哪里开始解释呢？这时，手机收到了一条短信，是堂叔发来的，问夕夜安全到家了没有。夕夜握着手机，紧紧咬着嘴唇。没多久，堂叔的电话打过来了，夕夜攥紧握着手机的手。手机突然停止了振动。害怕之下，夕夜担心堂叔一直得不到回应会找到家里，连忙回了一条已到家的短信。堂叔说因为她不回短信也不接电话，有点担心。夕夜只得回复说在洗澡没有看到。随后，堂叔发了一大段过来，表示夕夜就那样走了，害他很是担心，又说淋雨容易感冒，睡前记得喝点热水，明天早上也会送她去上学。

夕夜回复"知道了"。本想着终于结束了,结果堂叔又发了一条短信过来。夕夜直愣愣地看着手机屏幕上出现的句子,那是只有互相爱慕的人之间才会传达的晚安问候。不回短信的话,堂叔会不会又要一通电话打过来?回过神的夕夜急忙回复一句"知道了"。紧接着,又觉得自己的态度太生硬了,害怕堂叔觉得奇怪,会找到家里去,于是又快速地回了一句"堂叔也晚安",甚至在后面加了一个表情符号。堂叔现在会在什么地方呢?该不会还在停车场吧?夕夜颤抖着双手,死死握着手机,犹豫了好久才将隔间的门推开一点点,偷偷地观察起外面。洗手间里一个人都没有。夕夜这才敢走向洗手台,怔怔地望着镜子。镜子里的自己陌生无比,就像是第一次见到的人一样。夕夜俯身打开水龙头,先是冲了冲手,又洗了洗脸。即便如此,她还是没反应过来自己正在做些什么。这时,手机在校服口袋里振动起来。夕夜慌忙用湿答答的手直接拿出手机接通电话。"夕夜吗?我刚刚接到了夕旎的电话……"电话里传来妈妈的声音。夕夜流着泪,安静地听妈妈说话。"你哭了吗?你是在哭吗?怎么了?你现在在哪儿?"妈妈不停地问道。夕夜这才说自己不敢出去,让妈妈快点过来接自己。

回家路上,夕夜坐在妈妈的车上一句话也说不出口,只是不停地哭。不耐烦的妈妈一边开车一边厉声问道:"到底怎么了?你哭什么?你刚才在火车站做什么?是想去什么地方吗?还有,你校服怎么这么脏啊?"夕夜害怕了,她怕妈妈会指责自己。她觉得即便是和妈妈说实话,妈妈也只会教训自己。夕夜不能理解自己为什么会有这样的想法。可是如果真要请求谁的帮助,那个人只能是妈妈。

一回到家,夕夜便想和妈妈坦露,可是她却怎么都开不了口,结结巴巴地只能吐出一些"那个""在那里""我""可是"一类的词。妈妈的表情流露出了一丝不耐烦。夕夜做了个深呼吸,慢慢打开了话头,想到哪里说到哪里。夕夜一边说着,一边还是无法相信,这时她才渐渐明白过来,自己到底是遭遇了什么事情。妈妈难以置信地驳斥夕夜,让她别再说些莫名其妙的话了。"你是不是做错什么事了害怕被说,才会说这种谎啊?……"可当视线定格在夕夜的脸上后,妈妈顿住了。这并不是自己了解的那个女儿,眼前的夕夜让她感到无比陌生。"李社长怎么会对你做那种事呢?他为什么要对你那样啊?这不可能。"妈妈语无伦次地抓住了夕夜的手,直视她的眼睛。随即,妈妈牵着夕夜的手走进房间。她让夕夜坐在地上,自己先是不停地摇着头,嘴巴里还在自言自语,最后捶着地哭了出来。夕夕夜在一旁看着，渐渐害怕起来，总觉得妈妈像是在确认什么。

"这件事除了你和我，不能让任何人知道。"妈妈对夕夜说，"谁都不能知道。你跟谁都不要说。"

夕夜呆呆地看着妈妈，妈妈嘴里竟然在重复堂叔说过的话。这件事怎么能只有我和妈妈两个人知道呢？明明还有堂叔啊，堂叔对这件事再清楚不过了。"这件事可不能告诉任何人""以后也要经常见面""堂叔以后也会继续照顾你，对你负责"……回想起堂叔的话，夕夜的整个身体都僵住了。

"他以后再对我这样怎么办？"

"你自己不会小心点吗？我们小心点就行了。以后千万不要一个人出去……"

"那我也要去学校和辅导班啊，妈妈。"

"以后我会天天接送你的。"

"他会来家里找我的，他说过会来找我。"

"他要是人的话就不会这样，不可能的。"

夕夜环顾了一下房间，她总觉得堂叔正在外面偷听着这一切。于是她起身关上窗户，还拉上了窗帘。妈妈依然坐在地上痛哭着，夕夜捂住了耳朵。妈妈哭得那么伤心，她不得不逼自己打起精神来。

"谁让你去那种地方的啊！放学了不老老实实回家，还一个人跑到那种地方去，不然怎么会遭遇这样丧尽天良的事！这种事能和谁说？谁会相信我们的话？最后被毁掉的只有你啊！"

夕夜之前一直害怕的正是这样的谴责，当她从妈妈口中听到这些话的时候，一切都在瞬间明朗起来。

"我要去报警。"夕夜说，"我要让警察抓走他。"

"清醒点吧，拜托你清醒点吧。你还这么年轻，未来还有那么长的人生。你以后还要结婚生子呢。怎么偏偏是你遇到这样的事啊！这造的是什么孽啊！"

"必须报警，妈妈。要不然他以后还会来找我的。"

夕夜一直重复说着要报警，告诉妈妈也许堂叔以后还会来找她，搞不好他还会对妈妈做出同样的事。而妈妈只是不停说着"不可能"，让夕夜不要胡言乱语了，说堂叔是绝对不会对妈妈下手的。夕夜难以理解地问道："既然他不会这样对妈妈，为什么要这样对我？"咔嚓一声，夕夜听到夕旎进了屋子。霎时，一股更大的恐惧压向夕夜。如果他对夕旎下手怎么办？想到这里，夕夜推开门，拉着夕旎的手木然地走进夕旎的房间，同时急急地锁上了门。既然他能对自己下手，就可以对夕旎下手。如果我出门一直都和夕旎一起，那么他总有一天会对我们俩下手。不管我们怎么躲着他，怎么小心，每时每刻都在一起，尽全力藏起来,他总能找到机会。门外的妈妈焦急地搂着门,门内的夕旎则是一脸惊慌地看着夕夜的脸。她明明什么都不知道却还是哭了,不知所措地抱着夕夜哭了。

爸爸零点之后才回来,醉得不省人事,一进门便趴倒在地上睡着了。妈妈坐在客厅的沙发里,握着手机烦恼着。妈妈在苦恼什么?又因为什么而犹豫?夕夜感觉自己好像知道,却又完全摸不着头脑。

闭上眼睛再睁开,仿佛什么事都没有发生。

然而,那些场面却无休止地在夕夜脑海中闪过。

有时,夕夜又感觉这不是发生在自己身上的事。

可是,痛苦却真真实实地存在着。这份痛苦绝不是假的,而且一点都没有缓和下来。

闭上眼睛再睁开,夕夜心里泛起了怀疑:"堂叔没有理由那样对我的啊,我们又不是不认识,堂叔怎么会那样对我呢?会不会是其他人?一个和堂叔长得很像的人?"

夕夜闭上眼睛,在集装箱里发生的事情一幕幕从脑海里闪过,就像在看其他人的经历。当画面定格到堂叔把下体塞进自己嘴巴的时候,夕夜猛地睁开了眼睛。虽然这一切看似和谎言一样,但脑海中的视觉记忆以及留在身体上的感觉却无比清晰。

这些东西像是无形的鞭子，给她带来了真切的痛感。

再一次闭上眼睛，夕夜觉得自己已经死了，自己像是一具早已腐烂的尸体。可是，这具尸体为什么还不能停止回忆？为什么还不能摆脱恐惧？为什么还不能散去这生不如死的痛苦？"难道是我表现得想要他那么做，所以他才会那样？"夕夜开始怀疑自己。她努力回想自己的眼神与语气、行动与表情。是不是因为啤酒？因为喝了啤酒，他就觉得可以那样做？难道对一个喝啤酒的女人就可以为所欲为吗？大人都是这样认为的吗？还是说两个人一起喝酒都会做这种事？难道这并没什么，堂叔才会如此淡定？那妈妈为什么会哭，还强调不可以让任何人知道？

夕夜既恐惧地闭上眼睛，又害怕睁开眼睛。她控制不了翻涌的念头，止不住地回想那件事。

如果认为一切都是自己的错，夕夜反而感觉要轻松得多。但是，如果这一切不是因为自己的错才发生，如果这一切无关对错也会发生，那么到底是什么样的人生才理当遭遇这样的事？夕夜再也做不出其他假设，要是当初这样做了、要是当初那样做了、要是当初没有那样做，不管她如何假设，都看不到可以逃脱的出口。上学时，她坐过几次堂叔的车；在社区里，她也见到过堂叔；甚至在市里，夕夜都撞见过他；每逢过节或是家里有活动的时候，都可以看到堂叔。他还时不时会来家里和爸妈谈事情，一起吃饭喝酒。他也进过夕夜的房间，当时还感叹过房间里有好闻的味道。假使堂叔打电话让夕夜出去，说有事情要拜托她，她一定会不带一点警戒地去见堂叔。只要堂叔想那样做，即便不是今天，也会是未来他们能见面的无数日子中的某一天。夕夜最终还是会遇到那样的一天。虽然堂叔说是因为喜欢自己才会那样做，夕夜却本能地知道，只是在堂叔想要填满欲求的那一刻，自己正好在他眼前罢了。堂叔并不是喜欢自己，只是想发泄欲望。他强奸的不是自己，而是一个女人。任何一个容易接近的女人，一个很听自己话的女人，一个可以用力量压制的女人，一个事发之后都在掌控之中的女人，一个不会告诉其他人也不会惹出问题的女人，更是一个他可以再次强奸的女人……一个亲戚家的未成年女孩。夕夜完美地满足了这些条件，夕旎也一样。发生的事情、听到的话以及其中的含义，随着她的反复回想，都渐渐回到了各自原来的位子上。

　　夕夜想要守护自己，守护夕旎。

　　夕夜想要变得强大起来。

2008 年 7 月 15 日
星期二

妈妈让夕夜待在家里别出门，夕夜却穿上了校服。

见状，妈妈劝道："你还是别出门了吧！"夕夜还是自顾自地穿上了鞋子。

"妈妈会打电话给学校请假。"

"要请到什么时候？"夕夜抬头问道。

"反正今天先别去了。"妈妈回答夕夜。

"那明天呢？难道明天就可以了吗？明天就安全了吗？待在家里就能解决问题了吗？"

"快要放假了，没关系的。"

"你到底是觉得什么没关系？像罪犯一样把我关在家里也没关系？"

说完，夕夜打开了玄关大门。

妈妈急匆匆地拿上车钥匙，跟了上去。在送夕夜去学校的路上，妈妈反复叮嘱夕夜："不管是老师还是同学，这件事任何人都不能说，绝对不行。说出来只会让别人说闲话。妈妈会尽快想个办法出来，肯定能想到办法的。你放学了先别出来，打电话给妈妈，妈妈去接你。夕夜，你一定要打起精神来，好好听妈妈的话，相信妈妈。"

夕夜心里很清楚妈妈口中的办法就是不告诉任何人，当什么事都没有发生一样，轻轻地翻篇，像只担惊受怕的野猫一样敏感又小心地活着，每一刻都紧绷着神经、怀疑身边所有人，最终变成孤身一人。关于这个办法，夕夜昨晚思索了一宿，在各种假设中设想着未来。以后肯定还是要和他继续住在一个社区，爸爸也依然会和他一起做事。那么，他一定还会来找我，夕旎的安全也得不到保障。在这种情况下，夕夜不禁想起了恩菲。如果自己真把这件事说出去了，必然会和当时的恩菲一样成为人们茶余饭后的谈资，他们不会对堂叔感兴趣，只会揪着女孩子独自跑去那种地方抽烟的问题不放。经过了一晚上的思考，夕夜还是决定选择这条路——成为人们口中活该遭遇这种事的孩子。因为于她而言再无更好的选择了。四方都是地狱，既然自己无处可逃，那么堂叔也理当面对这样的地狱。如果夕夜选择闭上嘴，谁都不会知道这件事，问题也不会出现。不，问题会不断地被堆积在狭小的圈子里，最终爆裂开来，将夕夜推向死地。夕夜站在岔路口望了望两边的路，望了望身后和前方。夕夜相信妈妈，但她并没有选择妈妈指引的那条路。这无关信任。

夕夜以身体不适要去医院的借口和老师请了假。医院里，夕夜挂了妇产科的号，将自己遭遇的事情告诉医生，并要求进行检查。"你有没有洗澡？"医生问夕夜。"洗了。"夕夜回答，"我觉得太脏了，想把自己洗干净。"医生又问起夕夜有没有带内裤过来，得知内裤在洗澡的时候也被洗了，她露出惋惜的神色。"因为谁都没有教过我要怎么做。"夕夜低喃道，"在遭到性侵后应该怎么做，我听都没有听说过。"这是谁都无法想象的事，谁又能猜到自己的女儿、自己的学生会遭遇这样的事呢？当医生表示这件事必须告诉监护人的时候，夕夜表示妈妈知道，可以打电话和妈妈确认，紧接着就将妈妈的号码递给了医生。

走出妇产科后，夕夜径直去了警察局。她一边将堂叔的所作所为告诉警察，一边要求警察立刻去把堂叔抓起来。她反复强调这是能确保她安全的唯一办法。警察向夕夜询问了父母的联络方式，随后将夕夜领到会议室。夕夜和警察说："我可以把一切都告诉你们，只要能抓住堂叔，我什么都愿意去做。"陪同的警察劝慰夕夜:"把这件事交给大人,你先回家吧。""这件事只有我最清楚,这是我亲身经历的事情啊。你们把我支开又能做些什么?"夕夜反问,警察只说这是需要大人解决的问题。夕夜不敢回家,她总觉得走出警察局的瞬间就会遇到堂叔,或者堂叔正在家里等着她。夕夜正是因为害怕发生这样的事才会来警察局报案,可警察却总是想把夕夜送回去。

"可是你的脸未免也太干净点了吧?"

警察的视线从夕夜的胳膊移过脖子,又从她的脖子扫到双腿,随即便示意她将校服的裙子拉到大腿,将衬衣的袖子挽到肩膀上。

"你好像一点伤都没有啊,也没有什么瘀青或是划伤。看起来一点反抗的痕迹都没有啊。"

"我当时不敢反抗,害怕反抗会活不了。集装箱里到处都是能用作凶器的物品,即便没有那些东西,他也可以轻易掐死我。他当时单手压着我的头,明明只是一只手,我却一点都动不了。"

"你说你根本没有反抗?"

"我哭了,哭着求他不要这样,我不喜欢这样,我一直都在求他住手。"夕夜回答道。

"同学,你还小,可能不太清楚——你说你反抗了,但是又没有证据,单凭你的证言,我们无法出面调查啊。"

"如果这件事不是真的,我为什么要来报警?我今天来之前都去过医院了,我做检查了,检查结果很快就出来了,连诊断书我也拿来了。"

"你一个小孩子懂的倒是蛮多的嘛!你怎么知道要做这些的啊?"

"我在网上搜过了。"

"诊断书也没有多大用处,这种案件得有明确的证据才行,要不然所有人都会骂我们警察冤枉好人。要是身体上有什么肉眼可见的伤口,还能告个施暴罪。可是你现在什么证据都没有啊。"

"难道只有我被打得奄奄一息送去医院才算是证据吗?"

"这位同学,你自己想想,人在面临危险的时候都会本能地去反抗,反抗的话就一定会留下痕迹。可你不是什么都没做吗?!明明可以反抗,却没有反抗。你打过那个人或者是抓过他吗?那样的话也许还能在他身体上留下点痕迹。"

夕夜说当时感觉自己就快要死了,身体仿佛失去了知觉,完全无法动弹,甚至连声音都无法发出。她当时是真的什么都做不了。

"所以我才觉得不可能啊。你又不是喝醉酒失去了意识,

99

对方又没有给你下药，更没有把你的四肢绑起来。你那时候分明有清晰的意识和自主的身体，却一点都没反抗，这种情况下谁会觉得你是被迫的呢？我估计连对方都不会以为自己是强迫你的吧？大人都把那种关系叫作'协议下的性交'，你听说过吧？"

"我怕反抗的话，他会杀了我啊！"夕夜忍不住尖叫起来，"错的是强奸我的人，即便我没有反抗，那也不能说是我的错啊！"焦急的夕夜跺着脚尖叫道。

"同学，"警察直直地望着夕夜，"我看你的言语和行为完全不像是个受害者。"

"什么样才像受害者？"

"我是说你看着不像是会老实就范的人。如果真遇到了那样的事，你昨晚就该来报警才对。你不该在这里大吼大叫，而是昨晚就该跑去那男人面前吼叫才对。"

夕夜把自己的恐惧告诉了警察，但她觉得眼前这位警察并不知道恐惧是什么意思。

"您知道什么是恐惧吗？"

"我是说你的性格看起来并不像是会恐惧的人。真正经历那种事的孩子根本不敢来警察局，更不可能一个人去医院做检查。她们中大部分都会把自己锁在房间里，什么事也做不了，慢慢地就疯掉了。根本不可能像你这样啊！"

夕夜想象了一下被锁在房间里发起疯来的自己。哪怕所有人都猜测她会那样做，哪怕所有人都觉得那才是受害者应有的姿态，夕夜也不可能那样做。她不想疯掉，她只想变得安全。想到这里，夕夜擦干眼泪，端正了坐姿。她想要变得强大起来。

"请不要这样看着我。"夕夜说，"做错事的不是我，是那个人。"

就在夕夜在会议室忙着和警察争吵的时候，妈妈来了警察局。没多久，爸爸也来了。就这样，爸爸也知道了。他和妈妈在警察局里大声争吵起来，一群警察围着他们劝架。很快，堂叔也到了警察局。妈妈一看到堂叔就飞奔过去，狠狠拽住了他的衣领。爸爸一边说着"让我们先听听他的说法"，一边拦住了妈妈，安抚妈妈的情绪。堂叔理了理衣领说道："我是接到朴警官电话来的，说是有个学生说了一些奇怪的话。他让我先来警察局看看，我就过来了。我做梦都没想到那个学生会是夕夜。""这种事压根儿不值得报警。"堂叔强调了好几遍"我们又不是外人，都是一家人，自己能解决的事情何必还兴师动众地跑来警察局呢？真搞不懂夕夜是怎么想的。她可能是对我有什么不满吧，我会和她好好谈谈的"。妈妈并没有理他，只是在那儿悲痛地哭喊："夕夜她真是疯了，竟然闹出这样的事情来！我都说过这件事说出来只有她自己吃亏，她怎么还到处乱说！她心里是有多憋屈才会自己跑来警察局啊！"

"嫂子，你要替夕夜想想啊，你这样做对夕夜可没有一点好处。你看看这警察局里有多少人啊，你还是快点带着夕夜出去吧。我负责封住他们的口，你们先回去。这事儿我们回去再说。"

见状，周围的警察也纷纷帮起腔来。爸爸先把妈妈硬拉上了车，然后又回来接夕夜。夕夜一看到堂叔就瘫坐在了地上。而堂叔却假装没有看到她，侧过脸和警察交谈起来。

堂叔一见检查结果表明夕夜阴道中提取的精液是自己的，便立刻改口承认了有过性行为，但是他却说："可是我绝对没有强迫她，更没有打她或者威胁她。我们一起喝酒谈天，自然而然就发生了关系。我也知道，我作为大人，这样的行为是不对的。这事儿就算判个一百次一千次也都是我的错。只不过，刚才夕夜是怎么说的？性侵犯？这个词我连提都不敢提，真的绝对不是她说的那样。你认识我这么久了，难道连我的为人还不知道吗？我看起来像是那样的人吗？其实夕夜和我的关系确实有点特别……我经常送夕夜上学，夕夜也觉得和我相处很自在，我也很疼她。随着夕夜慢慢长大，我们渐渐演变成了男女关系……对，我也知道那是不对的。可是我怕我和她摆长辈的架子，她会逆反啊！你也知道这个年纪的孩子一旦逆反了会有多危险吧？是夕夜先对我起了男女之情，我因为担心她才没能果断地拒绝，就应和了她几次，之后也一起出去玩过。其实我们之间已经不是第一次了，之前已经有过几次……对，我知道我罪该万死。但是我一次都没有强迫过她，我可以对天发誓，甚至可以赌上我的一切。你可以去问问夕夜，去问问她我们之间的关系。虽然夕夜可能会因为害羞而说谎，但我又怎么会骗你呢？我现在的态度难道还不够坦诚吗？哥，你也知道，我怎么说也是一个要脸的人啊！和我有关的人遍布公共机关和各大市场，如果这件事传出去了，我还有什么名誉可言啊！你也知道信赖度对我来说有多重要吧？我是疯了不成，要去做那种事？我也不知道夕夜是怎么搞的，为什么要捏造那样的话出来。我也快要疯了，夕夜她到底是怎么了啊？她到底想要怎样？"

被父母禁足在家的夕夜因自残被救护车接走了。医院里，看着日渐憔悴的夕夜，妈妈最终还是没忍心，带她去了警察局。"好吧，你想怎么做就怎么做吧。好死不如赖活着。"夕夜在警察局里做了陈述，起诉了堂叔。但由于浮现在脑海里的场面太过可怕和强烈，夕夜很难回想起细微的动作。然而警察却表示这些细节才是陈述最重要的部分。他反复要求夕夜说出堂叔在集装箱里对她说了什么以及她用什么言语和行动进行了反抗，他想要知道具体话语和详细动作。夕夜准确记得堂叔走近自己的那一刻、皮带上的纹样、他突变的表情、自己感受到的压迫、味道、声音、身体上的痛苦、角落里的蜘蛛网、映照在集装箱墙壁上的影子，以及斑驳的污迹等零散的东西。其他记忆都是断断续续的。自己是怎么求饶的，哭得有多么大声，这些记忆全都混杂在一起。每当警察怀疑地看着夕夜，夕夜都会陷入深深的恐惧中。堂叔找出夕夜与自己发的短信给大家看，反问他们："这会是强奸犯与受害者之间发的短信吗？"朴警官打电话给夕夜的父母，试图说服他们："起诉只会让夕夜受苦，提取到的精液根本没什么用，毕竟你们现在也没有证据证明夕夜是遭到胁迫的啊。最后顶多因为证据不充分判个无罪，要么就是缓刑，更大的可能是根本起诉不了他。即便起诉成功了，这件事也会不停地被拿出来调查，那样时间就会拖得很久，最后被拖垮的只会是你们。我也是有女儿的人，夕夜的事也让我深有感触，所以我才会不惜口舌来劝你们啊。这样下去，受伤的只会是你们。要是李社长不爽了，他还可以反过来告你们诬告！那时候情况可就混乱了！我劝你们还是尽早和李社长把这件事私了。这才是夕夜的活路，也是你们夫妻俩的活路啊！"

一些人认为李社长没理由去做这样的事。年轻有为的事业家何必要去招惹亲戚家的女孩子？喜欢他的女人那么多，他也不会缺女人，何苦要做那样的事？

一些人感叹酒精就是祸根。男人喝酒后做出那样的事情也是情有可原的，而女孩子喝酒本身就很有问题。

一些人把这件事归类为"女人问题"。在做大事的男人身上，"女人问题"再常见不过了，其实都算不得什么事。哪个男人不会因为"女人问题"头痛一两次呢？

另一些人假装站在夕夜的立场上，却说了这样的话："听说李社长平常也很喜欢给她零花钱，和她特别亲近啊。人家女孩子还小，会不会是误会什么了？"

也有一些人在同情夕夜的同时，感叹她很"可怕"。

还有上了年纪的女人这样说："就当你真的遭遇了那样的事吧，那你也有错啊。你跟炫耀一样到处声张，说是要惩罚他，不觉得自己很不正常吗？你难道都不知道'羞耻'二字吗？你应该觉得羞耻啊，我们也……我们都替你觉得羞耻。你现在应该做的是把这件事咽进肚子里，再也不要提起，而不是吵着闹着要打官司。"

然而，没有一个人站出来指责堂叔。他们只当这是血气旺盛的男人惹出的一个闹剧，依然若无其事地与堂叔聊着赚钱的事，哪里房价又涨了，哪里施工有没有开始，哪里新开了一条国道，自己儿子考上了外国语高中或是法律研修院等话题。如果对话过程中不小心提到了夕夜，堂叔就会强调自己才是受害者。

夕夜只在独自一人的时候才会哭，在旁人面前，她总是说："请不要这样看着我。做错事的不是我，是那个人。"

堂叔到处走访亲戚，为自己申冤："我是杀人了还是偷东西了？我是赌博败光了家产吗？我不过是误会了她的意思，对她犯了点小错而已啊！那个错严重到要否定我整个人生的程度了吗？"

夕旎冲着堂叔的脸便吐了一口吐沫："你那叫一点小错？"

夕旎一边讽刺他，一边又吐了口吐沫。堂叔的妈妈飞奔过来打夕旎，结果也被喷了一脸的吐沫。

夕夜知道夕旎是在为自己出头，她感到愧疚又痛苦。她刚说完对不起，夕旎便打断了她："别说这样的话。姐姐，你不需要和任何人道歉。"

夕夜从不是个会惹出问题来的人，相反，她是一个时常把"对不起"挂在嘴边的人。夕夜每一年的学籍簿里都不会少了类似"性格善良""很有忍耐心""很会照顾人""很重视关系融洽性"的评语。大人们也一直对夕夜的这一方面赞不绝口。当堂叔说没想到夕夜会报警的时候，夕夜想起大人们一直以来对自己的称赞，那些曾被自己认为是优点的特质，她现在却想撕碎。

最后，父母劝夕夜尽快在私了协议上签字，说什么"只有私了，生活才能恢复平静；不私了，被毁掉的只有我们一家人"。父母和堂叔在写有夕夜姓名的私了协议上盖了章。协议表示他们之间的问题并不是性侵未成年人，而是与亲戚家未成年的女性进行性交。同时，协议最后还写着"以后不会对此事追究任何法律、金钱以及道德上的责任"。最终，夕夜的起诉化为泡影。

夕夜当时并不知道大人们的做法意味着什么。
夕夜只想变得强大起来。

2008年8月16日
星期六

胜浩来了,穿着病服,挂着双拐。虽然我从夕旎那里得知了胜浩受重伤的事,但我并没能去医院看望他。胜浩看着我哭了,谁都没有把这件事告诉他。每当他问起,大人们都只会说"你不需要知道,先担心自己吧,你可是刚捡回来一条命"。

胜浩也刚从鬼门关回来。

胜浩在大学附属医院里做了手术才转回市里的医院。直到那时,他才好不容易联系上夕旎,得知了最近发生的事。

最近发生在我身上的事。

胜浩边哭边说对不起，没想到我听到的第一句对不起竟然是胜浩说的。没有一个人和我说对不起，他们只想从我嘴里听到那句话。

一句对不起所能承载的事情是有限的，有些事情终究是无论如何都无法承载的。胜浩在来见我的路上出了事故，我在等胜浩的时候遭遇了那样的事。胜浩连衣服都无法自主更换就拄着拐杖离开医院，坐着出租车来找我了。我不知道他坐在出租车上时会想些什么，更不知道他是带着什么样的心情来见我的。我只知道我一句话都说不出口。"你没事吧""一定很痛吧""现在怎么样了"，我连这些简单的问候都说不出口。

胜浩一直都在自责。他觉得如果他没有遭遇车祸，我也不会发生那样的事。我无法忍受他说的这些愚蠢至极的话。难道在这件事里做错的人还不够明显吗？穿着病号服却只能说出那种话的胜浩让我心里滋生了一股厌恶，但这厌恶的情绪却很轻，让我不禁想要发笑。对胜浩的厌恶很快就蒸发了，心里只留下那些强烈又可怕的感情——憎恶和愤怒、恐惧和绝望。

大人都觉得我是为了干抽烟喝酒这些坏事才会去集装箱。

可是自从那天以后，我的眼睛、耳朵还有心发生了变化，认为抽烟喝酒并不能算是坏事，它们甚至连最轻微的坏事都排不上。在人们口中，性侵也会被归类为坏事吗？好像没有人会那么想。他们只认为那是倒霉事，是女人先给机会才会发生的事，是男人喝醉酒后可以做的事。那些人主张"双方的话都要听一遍"，然后用奇怪的标准做出奇怪的判定。如果我有强壮的牙齿和下巴，如果我是条狗的话，我一定会冲上去撕咬他们。

胜浩说他要去告诉大人，告诉他们我那天去集装箱的理由。他想说烟是自己的，那天约好了在那里见面，我只是在那边等他的。

"你疯了。"我不由自主地嘀咕起来，"那样只会让我成为更加晦气的臭女人，一口气毁掉家里两个男人的臭女人。"

我从没有这样和胜浩说过话，今天却破了例。

现在的我说不出什么暖心话来，即便胜浩会对我失望、讨厌，我也没有办法。

胜浩不可能会讨厌我的。

我催促胜浩赶快回医院，因为大人们肯定很讨厌胜浩来看我，如果他们知道了肯定又会对我指指点点。我现在就算老实待着也是一个阴险的孩子，是一个随便的孩子，是一个喜欢自作多情的孩子，是一个小心眼、会勾引男人的孩子，是一个说谎的孩子，是一个爱吹牛的孩子，是一个不知羞耻的孩子……哪怕我现在只是喘口气，也是那样的孩子。

我们在网上预约了出租车后便走到大路上等着。胜浩一直在旁边哭，他的哭声不禁让我浮想联翩。想象中，我抽打着胜浩的脸颊，尖叫着让他不要再哭了，然后又夺走了他的拐杖，用拐杖殴打他。突然之间，我有点害怕想象会变成现实。所以我握紧拳头，使出浑身的力气控制自己。就这样，我越来越僵硬，我们之间多了一道看不见底的深渊。现在，我们再也无法跨过这道深渊。我计算着自己已经失去并即将失去的东西，其中完全没有胜浩。深渊里传来这样的声音：我会失去一切，从珍贵的东西开始一件件失去，最终变成孤身一人。

等出租车的时候看到了文具店的阿姨，阿姨只和胜浩一个人打了招呼。她担心地问胜浩怎么会在这里，身体如何了。她不是不认识我，只是装作不认识我而已。我笑了，我也不知道自己怎么就笑了。我搀扶胜浩上了出租车，把钱给了司机，关上车门转身离开。我连一句路上小心、以后再联系的道别都没有留下。胜浩一定转过头，一直目送着我，直到我消失在他的视线之中。

胜浩也会那样做吗？他也会用力量压制住女人，掏出自己的下体，做出那样的事情来吗？即便现在不会，以后长大了会不会也那样做呢？今天我看着胜浩的时候有了这样的疑虑，虽然只是一小会儿，但依然让我无法忍受。无论是我想象了这样的胜浩，还是我对胜浩起了疑心，都让我难以忍受。我失去了胜浩。

爸爸妈妈每天都会祈祷，为我祈祷，可是那算什么祈祷，分明更像是乞求。事到如今又能祈祷什么？这时候我们还有可以做的祈祷吗？难道现在不该对着我祈祷，而不是为我祈祷吗？

今天妈妈提到了江陵的阿姨。

反正我也无法继续在这里生活了,搞不好我还会去杀了他或者是自杀。我害怕自己真的会做出这样的事情来。

爸爸妈妈从来没有离开过这里,我也一样。可是我现在必须离开了。

恩菲搬去了哪里呢?

我也变成那样了,变成了传闻中的那种女孩子。

等胜浩拆了石膏,不用挂拐也能好好行走的时候,等他成年的时候,等他三十岁的时候,人们肯定早就忘了胜浩出过交通事故。我也会这样吗?他们也能忘掉现在缠在我身上的肮脏传闻和臆想,客观地对待我吗?胜浩不需要对自己的交通事故缄口不言。而我,却要对自己遭遇的事,甚至都不是我做的事,守口如瓶。为了不被发现,我还得战战兢兢地看着他人的眼色说谎。肯定会有人让我堂堂正正、不要畏缩、理直气壮地活下去。那种话只会让我觉得恶心。谁都没有资格要求我堂堂正正、理直气壮。

我依然不想见到恩菲,我也许会比较我们遭遇的事情,衡量我们之间谁的痛苦更大。我们遭遇的事是一样的吗？差得多吗？如果一样或者是差不多的话，痛苦也会相似吗？如果是，我可能会觉得恩菲是另外一个我，继而去诅咒和憎恶她。

为什么受到质疑的是我？为什么需要我来提供证据？为什么一切都要我来解释？为什么消失的那个人必须是我？

2008年9月6日
星期六

天还没亮,妈妈便把夕夜的行李装上了车,直到他们的车驶上高速公路,天才刚刚破晓。自从上了车,夕夜就戴着耳机,一次都没有睁开过眼睛。不管妈妈还是夕夜,都是第一次去江陵的阿姨家。

江陵的阿姨和妈妈是三十年的老朋友了,她二十岁的时候离开老家,相继辗转到原州和春川,最终在江陵定居。虽然小时候见过阿姨几次,但夕夜对阿姨的记忆早已模糊了。每年年末,阿姨都会寄一大箱水果给他们,而且每次收件人的姓名都是写的夕夜和夕旎。收到礼物后,妈妈会打电话给阿姨,并且让夕夜道谢。夕夜会对着电话说些"感谢阿姨""水果已经收到了""新年快乐"之类的话。

为了在大路小径交相错杂、住宅与低矮别墅混合的社区里找到阿姨所说的"晨安超市",妈妈拐了十多次方向盘。夕夜知道迷路的妈妈心情有多焦急,但她依然没有睁开眼睛。终于,妈妈停下车,打开了车门。夕夜这才睁开眼睛,车窗外是晨安超市的招牌。妈妈和阿姨在超市门口拥抱了一下,拍了拍彼此的背,简单问候。妈妈曾和夕夜说过,江陵的阿姨比她的父母和兄弟姐妹要更加了解自己的过去和现在,当然也更了解妈妈这个人。夕夜本也可以拥有这样一个朋友,恩菲、恩书和孝珠本都有可能成为这样的朋友。夕夜在"失去目录"里添加了一个新名词——老朋友。

阿姨的家在一栋老破公寓的四楼。公寓没有电梯,一行人费了不少力气才把两个沉重的行李箱和装满书的箱子搬上楼。

"家里很敞亮啊。"妈妈一走进玄关便称赞道。

阿姨从冰箱里拿出一个玻璃瓶,里面是提前泡好还加了冰块的咖啡。妈妈喝了一口冰咖啡,擦了擦汗。夕夜蹲在洗手间的门旁边,望着阳台窗户外面被高层公寓遮挡的天空。阿姨殷勤地端出提前做好的饭和炖鱼,还有凉拌生鱼片。吃饭的时候,妈妈和阿姨也一直在询问彼此熟人的近况。

夕夜希望妈妈赶快离开。

她希望自己以后再也不用见到妈妈。

但她又想妈妈也能过来,和她一起定居在这里。

她希望能和妈妈坐着车,奔驰在一条永无止境的路上。

走出玄关之前,妈妈本想叮嘱夕夜什么,但是看到夕夜的表情后,就把话咽了回去。夕夜站在阳台上,静静地看着阿姨与坐上车的妈妈道别,目送着妈妈的黑色伊兰特轿车离开,之后右转,最后消失在建筑群之中。

阿姨在夕夜来之前重新粉刷了家里的墙壁,还给地板铺了新的地板革①,被褥也全都洗得干干净净,甚至连生平从没有买过的植物盆栽也买了几种回来,将阳台装点得一片葱绿。阿姨还叫来一辆货车将所有老旧的家具、衣服、棉被以及各种杂物全都运走扔了,然后给次卧买了象牙色的书桌和衣柜。阿姨介绍说次卧是夕夜的房间,并表示只要夕夜愿意,她们可以一起睡在主卧。夕夜点点头,她现在还无法一个人入睡。

"想去附近逛逛,顺便吃个晚饭吗?或者,你想去看看大海吗?"

阿姨问夕夜,可是夕夜并不想出去。她不想出去逛逛,也害怕海。

---

① 地板革:一种铺地材料,塑料制品。

"以后再去也没关系啦。"阿姨一笑而过。

她们晚饭吃的是喜宴面和韭菜饼。晚上十点,阿姨去主卧铺了被子。阿姨有点睡不着,夕夜也一样。阿姨说自己一直都是一个人,还不习惯和谁一起睡觉。似是怕夕夜愧疚,她随即又添了一句:"没事,很快就能习惯啦。"

2008 年 9 月 7 日
星期日

阿姨睁开眼睛的时候，夕夜已经不在房里了。阿姨来到客厅，发现了蹲在阳台窗台前的夕夜，只见她正蜷缩在一盆盆植物中间，俯瞰着窗外。她双手握成拳头撑着地，似是想把地板也握在手里。阿姨顿时心急了起来，四楼的高度摔下去可能会丧命。她边故意发出声响，边慢慢向阳台靠近。夕夜转过头来看着阿姨，表情中没有任何感情。

"你在看什么？"阿姨问。

"瓢虫。"

阿姨走近夕夜。花盆和窗户框中间有一只硕大的瓢虫。

"你敢碰虫子吗？"

阿姨问夕夜，夕夜摇摇头。

"这该怎么办呀……"阿姨欲哭无泪地说道。

"要不把窗户打开让它自己飞出去吧？"

"如果又有其他虫子飞进来怎么办……"

"我不敢碰虫子，怎么办？"

"瓢虫是益虫啦……可是我不喜欢家里有虫子，我害怕……"

说这句话的阿姨看起来像极了一个孩子，夕夜看了看她。阿姨从阳台的柜子里拿出一副棉手套戴上，然后做了一个深呼吸，将手伸向瓢虫。结果她的手还没有碰到瓢虫便又缩回来，接连试了好几次都没有成功。而瓢虫只是安静地待在那里，时不时地张开翅膀又收回去，并没有飞走的想法。阿姨低声给自己做着心理暗示："它不是瓢虫，只是一个玩具。""它不是活着的虫子，只是一个模型罢了。"尽管如此，她依然不敢碰瓢虫一下。就在瓢虫打开翅膀的那一刻，夕夜突然伸出手抓住了它。一旁的阿姨被吓得惊呼一声。夕夜打开纱窗，将瓢虫扔了出去。瓢虫往下落了一会儿就展开翅膀飞走了。

"你不是不敢碰吗？"阿姨问夕夜。

"看久了感觉也没什么大不了的，真抓上去也确实没什么感觉。"

两人打电话给中餐厅，点了海鲜面、炸酱面和糖醋肉的套餐。外卖送到后，两人便直接在客厅地板上铺了张报纸吃了起来。"你来了,还能点外卖吃,真好啊。"阿姨边吃边说道,"我一个人住的时候,点外卖可是我想都不敢想的事。以后我们再点土豆脊骨汤和菜包肉吃吧!对了,炸鸡和比萨的套餐也可以点!"阿姨讲着讲着就兴奋起来。

"一个人也可以点外卖啊,吃不下不可以放在冰箱里等下次再吃吗?"夕夜不解地问道。

听完夕夜的话,阿姨起身拉开冰箱门,示意她过来看看。冰箱里被塞得满满的。

"冻过之后就不想吃了,我们今天把这些存货都给收拾了吧。"

"这么多,今天都要吃掉吗?"

"不是啦,我是说扔掉。"

阿姨将冰箱冷冻室的食物全都扔了,还顺手清洗了一下冰箱。在阿姨忙活的时候,夕夜简单地冲了一个澡。阿姨提议一起去买个菜,夕夜点了点头。

阿姨开着小轿车,带夕夜去了大型超市。她果然又提到了之前一个人不敢买的东西,兴致勃勃地表示今天一定要买回去。她说这句话时的神情和之前吃外卖时一样兴奋,夕夜觉得这样的阿姨有点可爱。刚走进超市,阿姨便推着购物车直奔一个地方。最后,她的脚步停在了卖窗帘的区域。她像是看中已久一样,毫不犹豫地把一套窗帘放进购物车。然后，阿姨转身又挑了同色系的靠垫和地毯："我早就想像这样买一整套回家了，少了其中一个都会感觉不对劲，所以我一直都在等可以一次性把它们买回家的日子。"阿姨是真的很开心。

直到给客厅和主卧装窗帘的时候，夕夜才明白阿姨说的话。这件事一个人做确实是有点困难。

阿姨用苏子油炒了点泡菜炒饭，然后撒了点海苔碎，最后还煎了一个荷包蛋盖在上面。两人也不拿碗，直接把平底锅端到客厅的餐桌上吃了起来。

"阿姨，你以前都是怎么办的呢？"夕夜问道。

阿姨咬了一口泡菜，疑惑地望着夕夜。

"遇到虫子的话，以前……"

"啊啊！"阿姨点点头，"要么叫男朋友过来抓，要么喷个药逃跑呗。"

"可是你今天不是想要抓的吗？还戴上了棉手套。"

"是啊，今天确实是想抓来着。"说到这里，阿姨浅浅地露出了一个满意的微笑，"可能是因为你在旁边吧。难道是想让你看到我成熟的一面吗？"

不管是阿姨的微笑还是阿姨说的话，夕夜都无法理解。

"可是，都是小孩子更敢抓虫子的啊。"

"是吗？"

"应该是吧。"

"你小时候也那样吗？"

"我不知道。"

"你说的应该没错。我记得我小时候还敢抓蜻蜓和知了呢，连青蛙都抓过。怎么长大后反而变成这样了……"

吃完泡菜炒饭后，夕夜负责洗碗，阿姨则是擦了擦地，擦完还泡了两杯甘菊茶。

"你说我们在客厅摆一盏落地灯怎么样？"

阿姨问夕夜，夕夜觉得也不错。

"那双人沙发呢？""有的话好像会很方便。""可是超市里都没有看到喜欢的，难道要去家具城看看吗？"

夕夜看着自言自语的阿姨说道："可以直接在网上买的。"

"但是不亲眼看看就买，总感觉不太放心耶。"

夕夜打开阿姨的笔记本电脑，很快便找到了她们在超市买的那款窗帘。看到后，阿姨震惊地张大了嘴巴。于是，两人一边喝着茶，一边在网上挑起落地灯来。看了几十款之后，才勉强决定好一款，下了单。

铺好被子后，夕夜和阿姨并肩躺在主卧的地板上。整个房间里只有枕头边的灯发出微弱的光亮。这是阿姨听说夕夜要来，特意为她准备的。阿姨踌躇了好久，终于开了口：

"其实我抽烟。"

夕夜在和阿姨相处的这一天里并没有闻到烟味，在家里也没有看到香烟和烟灰缸。

"虽然我不在家里抽烟，但我身上可能会有烟味。我怕你会不喜欢那个味道。"

夕夜不禁想起从袋子里掏出一包烟的堂叔，其实她一直都会想起那一天。即便不刻意去想，那一天的记忆也始终停留在脑海里不肯散去。

"那个……其实我也抽烟。"夕夜回答道，"阿姨如果愿意分点烟给我，我会感激不尽的。"

阿姨被夕夜逗笑了。

2008 年 9 月 8 日
星期一

  阿姨头发还没干，便裹着毛巾去给夕夜做咖喱了。夕夜虽然早醒了，但就是不想起来。从今天开始到周五的白天，她都得一个人待在家里。这个事实让她难以接受，并感到无比茫然。"夕夜啊，你饿了的话可以吃咖喱饭哦。冰箱里有酸黄瓜和泡菜，还有苏子叶。洗碗台旁边的抽屉里有方便面。"阿姨一边画着眉毛一边叮嘱夕夜。夕夜只眨了眨眼，并没有作声。

  "一个人在家害怕的话就坐出租车来医院找阿姨，医院离家里最多就十分钟。不想坐出租车也可以坐公交车，220 路和 222 路都可以到，去对面站台坐的话还可以到安木海边①。那附近有很多咖啡馆哦！"

  "我去医院的话，会不会妨碍到阿姨工作啊？"

---

① 安木海边：江陵市的海水浴场。

"虽然我要忙着工作,不能陪你,但是医院那么大,还有很多其他设施,你和我一起待在医院总比一个人待在家里要好点。"阿姨回答夕夜。

夕夜站在门口,抓着玄关门和阿姨道别之后,又走到阳台一直目送阿姨的轿车消失在建筑群之中。在那之后,夕夜依然没有离开阳台,而是望了很久楼下上班的大人和上学的孩子们。其中还零散地夹杂着几个穿校服的初高中生。她想到自己最终还是没能留在广播部,甚至都没来得及和大家道别。从警察局回来的第二天起,父母便不让夕夜去学校了。没过多久,学校就放暑假了。快放假之前,夕夜收到了恩书的短信,但她并没有回。恩书应该也听说了我的传闻吧?恩书也许会相信我吧?想到这里,夕夜跑回房间翻出了手机,开机后写起短信来。写着写着,最后还是删了。

夕夜入迷般地望着阿姨为自己准备的书桌和椅子,然后目光慢慢扫过壁纸和地板革。这还是夕夜搬来阿姨家后,第一次这么认真地观察这个家,从一个角落到另一个角落,看了许久许久。雅致又亲切,连阳光下拖着的影子都是明亮的。

夕夜慢慢地嚼着拌好的咖喱饭,努力不让自己想那些乱七八糟的事。然后,又在她想要思考什么的时候,不知何处传来了吸尘器运作的声音。夕夜静下心来,竖起耳朵,依稀还能听到微弱的电视声和人们的对话声。这对一直生活在带院子的平房里的夕夜来说是很神奇的体验。日常生活中传来的噪声削弱了夕夜心里恐惧的分量。夕夜认真听着层间噪声，完成了刷牙洗脸。她从书架上抽出一本《来日方长》①，放进书包后又把笔记本和笔袋也装了进去。

夕夜希望自己有一把枪，不是气枪，而是装有实弹的真枪。她想要一件可以瞬间抹杀生命、不会失败的武器。

夕夜拉开洗碗台边的抽屉，里面放了两把大小和模样都不一样的厨刀以及一把带有刀鞘的水果刀。她将水果刀拿出来，塞进裤子口袋里。刀有一大截都露在外面。夕夜想想，还是将水果刀拿了出来，握在手里。身上带着这种东西出门会引来人们诧异的目光吧？成为人们眼中的怪人是一件危险的事，最好能做到完全不引起人们的注目，不管是作为女人还是未成年人。夕夜握着水果刀走出家门，直到走完所有楼梯，才把水果刀放进书包里。

夕夜慢吞吞地走出小区时看到了一家理发店。她转身走进

---

① 《来日方长》：法国文学巨匠罗曼·加里创作于 1975 年的作品，曾获龚古尔文学奖，并于 1977 年翻拍成电影《罗莎夫人》。

理发店，让理发师把她的头发剪短，到耳朵以上。

夕夜乘坐220路公交车来到阿姨就职的医院门口。走进医院后，她先去便利店买了一杯冰咖啡，然后在各层逛起来。在这过程中，她还远远地确认了一下阿姨的办公室。逛完后，夕夜走出医院来到马路对面的停车场，仔细确认了公交线路。她坐上220路公交车，向郊外出发。刚离开市中心，一片葱郁的田野便映入她的眼帘。夕夜在终点站下了车。其实，她并不想来看海，但又想试试阿姨的建议。也许只是阿姨随口提的一个建议，不过夕夜也想从最简单的事情开始一点点重新做起。

夕夜走进一家咖啡馆，找了个不算角落的位子坐了下来。她望了窗外好一阵子才从书包里掏出书，翻到夹着书签的那一页。也不知上一次是什么时候读的这本书，夕夜回想了一会儿还是放弃了。虽然忘了前面的内容，但她又不想从前面重新读起，于是便直接从这页开始读起来。夕夜再无法像之前一样很快地投入到书中的世界了，因为有太多的词语在刺痛着她，"享受""完好的地方""娴熟""麻痹""幸运""成人用品店"……夕夜面对着这些词语，有点喘不过气来。她不停地自言自语着："这只是小说而已，世上没有发生这样的事。这些都只是单纯的词语而已，与那件事一点关系都没有。"夕夜希望自己能和过去一样去看书，她无法想象那个没有书陪伴的自己，她不想失去自我。夕夜抬头看了看窗外，这才又把视线收回书上。她暗下决心，一鼓作气地读了下去。

"血液和氧气无法适当地供给脑部的需要。她将无法思考，慢慢地就只能像一棵青菜那样地维持生命了。可能拖延较长时间，几年之内可能有短暂清醒的时候；不过，病不饶人，小家伙，病不饶人啊！"

听了他的解释，我直想乐。他一再重复"病不饶人，病不饶人"，好像还有什么东西是能饶人的。①

夕夜停住了，努力说服自己别拿罗莎夫人的状况和现在的自己比较。比较是很愚蠢的事，愚蠢的事要到此为止，她这样命令着自己。夕夜也想像毛毛一样看待问题，理所当然地接受无法痊愈的事实，把它当作一件有趣的事。她想笑看世界上所有的人与世界上所有的事。这样的话，那天的事也能做到一笑而过了吧？

"我遇到了一件特别滑稽的事。"

夕夜心里默念，仿佛在和毛毛倾诉一般。

---

① 引自人民文学出版社2019年出版的《来日方长》第108页，罗曼·加里著，郭安定译。后文中的"毛毛"为该书主人公。

"那件事发生之后,所有的人都变得滑稽起来。当然,其中最滑稽的就是我了。"

夕夜继续读下去。

"我变成了最滑稽的人。"

夕夜读不下去了,她还是无法做到像毛毛那样一笑而过。她不想勉强微笑,更不想假装若无其事。夕夜走出咖啡馆,《来日方长》却被她孤零零地留在了桌上。

阿姨下班回到家,看到夕夜后吃惊地瞪大了眼睛,随即哈哈地笑了出来:"这发型很适合你呢!你想不想去打个耳洞呀?"夕夜点点头。第二天傍晚,夕夜去医院门口等阿姨下班,两个人手牵手去打了耳洞。阿姨还给夕夜买了一对黑珍珠耳环。

2008年10月3日
星期五

夕旎和胜浩来江陵看夕夜,他们看到短发并戴着黑色耳环的夕夜后感叹不已。大家一起坐着阿姨的车去月精寺[①]逛了逛,然后又去注文津[②]吃了生鱼片。周六晚上,他们提前一天为夕旎庆祝了生日。坐在海边,他们在蛋糕上插了蜡烛点燃,唱起了《火金姑》。阿姨大笑着说他们真是群奇怪的孩子,却又唱得比谁都要开心。周日吃完午饭,胜浩和夕旎便回去了。

其实夕夜心里希望他们以后不要再来了。

[①] 月精寺:位于韩国江原道五台山的寺庙,是一座新罗时期的古寺,距离江陵市约一小时车程。
[②] 注文津:位于江原道江陵市的一个邑,以注文津海水浴场闻名,有长达700米、占地面积达9608平方米的沙滩。

和他们笑着交谈的时候，夕夜忽然有种掉入深渊的茫然，仿佛自己来到江陵后费劲堆起的沙子城堡有一角开始慢慢塌陷。即便是自己珍爱的夕旎和胜浩，她也因自己的领地受到侵犯而感到不快。这样的情绪一旦出现便很难控制。

周日晚上，夕夜躺在阿姨身边，向她倾诉自己的心情。她再也不想见到老家的任何人，本以为夕旎和胜浩会是例外，然而并不是，她感到很慌张。"我也知道这样的想法很傻，可只要和他们在一起，我就觉得堂叔也在附近，我好怕自己会突然发起疯来。我也知道我这样太傻了，可我总觉得他们会站起来指责我、攻击我。即便表面上和和气气的，心里也一定是在怀疑或者厌恶我。我以前一直觉得没有胜浩和夕旎，我会活不下去。我们之间怎么会变成现在这样了，以后又该如何是好……"说完，夕夜哭了许久。直到夕夜慢慢止住哭泣，阿姨都在旁边默默地抱着她。

"那你在我身边时有没有过这样的感觉呢？"阿姨小心翼翼地开口问道。

夕夜摇摇头。毕竟那件事发生的时候，阿姨并不在老家，而且她和阿姨之间也没有一起在老家度过的回忆。说白了，她和阿姨对彼此来说都可以算是陌生人。

"我年轻的时候也会经常回老家看望我爸妈。"阿姨说,"只不过年纪大了,回去的次数少了,不再想听他们的唠叨了。"

"阿姨都是大人了,还要听爸妈的唠叨吗?"

"多大才算是大人呢?"阿姨反问夕夜。

"我也不知道,可是我觉得阿姨就是大人了啊。"

"其实我之前活得一直都蛮率性的。当初我说要搬出来独立的时候,爸妈都很反对。因为他们说女人没结婚就不能搬离父母家,所以我当初搬出来时就跟离家出走差不多。家里人看我一直没有结婚,就以为我一次恋爱都没有谈过,也不把我当大人看。不过我以前觉得这样也不赖,我总觉得大人就需要负责任,可是除了我自己,我不想对任何人、任何事负责。直到这次听说了发生在你身上的事……"

阿姨说着说着突然停了下来,轻轻地握起夕夜的手摩挲着。

"……我感到很羞愧,对明明早到了大人的年纪却还假装不懂事的自己很失望,但更多的是对那些假装大人而所作所为却完全对不起自己年纪的人失望。我很羞愧,真的很羞愧。"

夕夜并没能完全理解阿姨为什么要觉得羞愧,眼泪却不自觉地流了下来。

"我要成为一个真正的大人,努力成为一个真正的大人。这是你的事带给我的感悟。"阿姨握着夕夜的手轻轻地说,"作为一个大人，我觉得很对不住你。夕夜，对不起。"

夕夜不想哭，因为一旦哭起来就会停不住，然后在眼泪中度过今夜，她不想变得那么软弱。她想坐起来，想起身去洗把脸，伸个懒腰，大声地说自己一点事儿都没有，她想要变得强大起来。然而她现在却无法动弹，连根手指都动不了。僵硬沉重的身体让她什么都做不了，只有哭泣。于是，夕夜哭了。

2008 年 11 月 1 日
星期六

家里买了过冬的棉被,窗帘也换成了适合冬天的材质和颜色。阿姨和夕夜晚上做了点年糕饺子汤,吃完便爬上公寓楼的屋顶抽烟。夕夜教阿姨如何找到北极星,还告诉她虽然现在的北极星是小熊座的α星,但一万两千年后的北极星就会是天琴座的α星了。

"北极星不止一颗吗?"阿姨感到有点混乱。

"北极星是只有一颗。"

"那怎么会变啊?"

"因为地球的自转轴一直都在动啊。"

"好难懂哦。"

"反正那都是一万两千年后的事儿了,阿姨这辈子看到的北极星都是那一颗啦。"

"你这样说就好懂多了,可是一万两千年到底有多长呢?真的能存在这么长的时间吗?"

夕夜心里想着一万两千年的时间,天上的星星越发明亮起来。

周中的每一天,夕夜基本都会坐公交车去阿姨的医院绕一圈,然后再去图书馆。连小说和论文都读不下的她只能做做数学题和物理题,抑或是背点英语单词,找英文报纸读,有时甚至还会查一些完全不懂的冰岛语或是芬兰语,抄抄写写。偶尔,她也会瞒着阿姨,独自在医院的加护病房门口或者是休息室大厅里坐上大半天。等到晚上阿姨回家一起做点简单的吃的,吃完再在小区里散个步。两人有时也会在外面吃饭,兴起时还会开着车去看看夜海。周末则是她们大扫除和囤菜的时间。尽管恐惧还是会时不时地发作,扼住夕夜的喉咙,但她都能克服。虽然有时她都走到晨安超市了,最后却还是折回了家,但她也算是遵守了与自己的约定——不把自己锁在家里。每天都整装出门,出去看看其他人,不待在家里面对自己,夕夜每天都做到了这件事。每天晚上,她都会思考明天做什么,早上起来后再暗下决心要完成计划,傍晚看着渐渐漆黑的阳台窗户,等待阿姨下班回来。并且,她每天晚上都会写篇日记,记录当天自己做了什么，不管多短。

有时候，夕夜会因为忧郁和无精打采连被子都出不了，也曾连鞋都穿好了却在鞋柜前坐了一个下午，还曾花了一个多小时才穿好T恤、裤子和袜子。每到那种时候，夕夜都会想起瓢虫。想起那只展开翅膀却飞不起来的虫子，想起呆呆看着它时仿佛一切都静止了的时间，想起本以为不敢碰却依然碰了它的自己，想起本以为飞不起来却还是振翅高飞的那只瓢虫。当想起自己明明连只虫子都不敢碰时，夕夜又想起了自己琢磨如何才能瞬间将人置于死地的那个清晨。

夕夜表示想报名一个自习室，她想开始准备大学入学的鉴定考试，争取明年八月一举通过。阿姨夸赞了她的想法。

"不过我周末还要和阿姨一起玩。"

"这个决定也很不错哦。"阿姨微笑地回应她。

"可是你一个人准备不会觉得困难吗？要不要给你报个培训班啊？"

"我成绩很好的。"夕夜停顿了一下，又添了一句话，"我还是没有信心，依然不太敢进入一个集体，不太敢每天都和固定的人见面打招呼，不太敢和素昧平生的人培养良好的关系。"

"好吧。那些事就先不做。不过你有看好的自习室吗？"

夕夜摇摇头。

"那我们明天一起去看看吧,先从医院附近的开始看起。"阿姨提议。

吃完午饭后,两人连着看了三四家自习室。最终她们选了一个封闭却不阴暗、男女分开的自习室。之后她们先去书店买了习题册,还去了超市。见到阿姨把保温便当盒放进购物车里,夕夜急忙说不用,自己午饭可以在便利店或小吃店简单解决。

阿姨很坚决地反驳了她:"住在我这里的时候,你一定要吃好才行,任何一餐都不可以敷衍。你是我的客人,我必须照顾好你。"

跟在阿姨身后的夕夜陷入了沉思,她在思考阿姨这个人。如果夏天没有遭遇那样的事,那么对夕夜来说,阿姨一直都只会是个陌生人,她甚至都不知道地球上还有这样一个人存在。想到这里,夕夜混乱了。她经历了绝对不想经历的事,掉入了地狱,作为补偿,她遇到了阿姨。可是阿姨可以等同于补偿吗?那种事情还会有补偿吗?为什么阿姨是这样的人,而堂叔却是那样的人呢?我是怎样的一个人呢?我又可以成为……一个什么样的人呢?夕夜想弄清楚每个人都与众不同的理由,想弄清楚一个人善良或邪恶的理由。如果天道当真存在,也确实有人生指引,她很想一窥究竟。她有没有其他路可以走,有没有可能拥有另一种人生,即便无法逆转时间,她也想要知道。如果能知道,她也许就能稍微想通一点了吧。

返程的时候,夕夜问阿姨:"阿姨是因为我的遭遇才有意对我这么好的吗?"

"我不是有意对你好,是在担心你、疼惜你。"

"我希望你不要太勉强了。"

"必须勉强。"阿姨的态度很果断,"人都要勉强,特别是有关自己珍贵的人与东西时。"

"可是勉强是很累人的一件事啊。"夕夜小声嘀咕。

"这叫用心,不会因为勉强而累,这是为了好结果在用心。"

那天晚上,夕夜将阿姨的话写在了笔记本上,祈祷自己有一天能明白阿姨说的话。

2009 年，2010 年

夕夜每天早上都会和阿姨一起出门，中午吃阿姨准备的便当，晚上再和阿姨一起回家。她成功通过了鉴定考试，但还没有参加高考。她既没有很想立刻去上大学，也不想离开阿姨。

每当身处在一群陌生人之中，夕夜都无法控制自己不这样去想：

"这些人当中会有和我遭遇了一样事情的人吗？"

有，她会感到绝望；没有，又会感到孤苦。

当然，她也无法控制自己不那样去想：

"他们之中肯定也有做了这种事的人咯？"

她无法说服自己没有。

有时候，夕夜看到笑得天真无邪的人会觉得很神奇，看到坐在婴儿车里的宝宝会感到害怕。孩子们长大后会经历什么样的事情，又会成为什么样的人呢？每当眼前的孩子开心地笑着或是抗议般哭泣的时候，她都会厌恶想这些问题的自己，觉得自己很可怕。如果在街上看到穿着校服的学生，她就会想跟着她们，确认她们有没有安全到家。但家里也并不完全是安全的场所，一想到这里，夕夜便会有种深深的无力感。"世界已经堕落，不需要我去担心什么，我已经被毁了，不需要去害怕那些即将破碎的东西，所以也没有强迫自己努力变好的理由。"有时候这样想反而会让夕夜轻松些许。每每想到这里，夕夜都会像抖落了心里的包袱一样，豁然开朗，露出一个天真无邪的笑容。笑着笑着，她就懂了——"我又长了一只眼睛和一只耳朵啊，大脑里可能也长了一块别人没有的组织吧。因为比别人多了一只眼睛、耳朵和一块脑组织，自己才无法像未经历过那种事的人一样看待这个世界。"因此夕夜认为，即便再遭遇那样的事，自己也不会像之前那样陷入混乱与恐慌了，而是会将对方一击毙命。她不会再寻求任何人的帮助，更不会去什么警察局。夕夜回想起在图书馆看到的人体解剖图，心里默念着心脏和肺的位置，大动脉要害以及阿基里斯腱的位置，骨头之间的韧带位置，以及扎下去能让人一下子流出两升鲜血的位置。不管是走在路上还是等公交车，抑或是在坐公交车、在逛街，甚至在走出家门前和从睡梦中醒来的夜里，夕夜都会时不时地想起这些。

在有这些想法之前，夕夜曾写过这样的一篇日记：

等到了二十岁后，我想做一个擅长外语的人。想做的事情太多了，但也不用急，我觉得现在也很好。真想要压缩每一天，尽力去过好它。

而现在，夕夜却变成了一个会去思索如何才能杀死一个人的人。夏天，特别是下着雨的夏日，她都要吃镇静剂才能入睡。和男人独处或是夹在一群男人之间时，夕夜变得必须紧紧咬住嘴唇才能防止自己尖叫出来。走在路上时，一想到可能会遭到攻击，就会害怕得寸步难行。她正在一个自己从未想过的地方和一个从未想到的人一起生活，与本以为会永远在一起的夕旎和胜浩渐行渐远。无数的变化中，依然有些东西未曾改变，比方说想要压缩每一天、过好每一天的想法。夕夜依然想活下去。

新年过去后，冬天一点点远去，风也温和了不少。傍晚外出散步的时候，夕夜告诉阿姨，她想出去赚钱。阿姨表示并不需要着急这些事。

"我觉得自己好没用,什么都做不了。脑海里始终去除不了那些不好的念头,充满畏惧地躲躲闪闪、防备他人,仿佛所有精力都花在如何让自己变得更加没用这件事情上。只有变得没用了,才可以什么都不需要做,那什么都不做也就变成理所当然的事了。而现在,我已经是个什么都做不了的人了。"夕夜一边走一边愣愣地看着前面,自言自语道。

"那我的存在又有什么意义呢,阿姨?"

"谁说一定要做点什么才行?你现在也很好呀。"

"我以前看过松鼠转圈圈。小时候和家人一起去过一个农家乐吃饭,那家饭店的庭院里有一个很大的松鼠棚。当时,松鼠抖动着全身的毛,快速地转圈圈,我就在旁边目不转睛地看着。它一直转啊一直转啊,看得我好怕它的心脏会突然停止跳动。结果它倏地停了下来。"

阿姨抚摸着夕夜的胳膊,挽了上去。

"阿姨,你说松鼠为什么要转圈圈呢?"

"喜欢呗。"

"我以前也会经常思考松鼠转圈的事,然后不久前突然有了一个新的思路。"

阿姨转头看着夕夜:"松鼠为什么突然停下来了呢?"

"累了吧。就像你说的,一直跑下去心脏肯定会受不了。"

"是吧，也不需要想得太深，肯定是这样吧。"

夕夜慢吞吞地说道："松鼠转圈转得再努力，也不会有任何改变啊。它既不能逃离棚圈，也不可能飞上天，更不会得到什么新的东西或补偿。当然，它停下奔跑也没有任何改变。一切都只是因为它喜欢或者是它累了。"

"你也不是什么都没有做，你也在努力活着啊。每一天都在好好生活，变得越来越健康。我还是希望你别太着急，就算要开始做什么也先等夏天过去吧。"

"我只是那么一说啦，阿姨。松鼠转圈圈，因喜欢开始又因累了停止。之前明明累得停下来，后来还是继续转圈。这些确实不算什么，但对松鼠来说又是很重要的日常事务。"

"但你不是松鼠啊。"

"那也要练习跑步啊，有一天可能真的需要全力奔跑呢？"

"到时候身体自己就能跑起来啦。"

"我很喜欢现在有阿姨陪着，感觉很安全。"

"但你还是觉得自己在棚圈里面？"

"因为太安全了。"

"你的意思是我不在的时候，你会觉得很吃力吧？"

"我会不安。"

"那么在人群中呢？"

"不，我怕那样自己会真的变得没用。"

夕夜在医院门口的便利店里打起了工。她的书包里依然装着那把水果刀，想要一把枪的想法也没有改变。她有时候觉得阿姨是自己的盾牌，为她挡住了很多东西。夕旎和胜浩每天都会发短信给她，她想回就回，不想回也不会勉强自己。

打工的事，夕夜曾经中途放弃过一次，重新开始后她又想过退缩，结果还是坚持了下来。有一次，夕夜在公交车上将手伸进书包，差点就要把水果刀拔出来了。就是那一次，夕夜是真的想要杀了眼前的男人。还好有人挡在夕夜前面，替她出了头。公交车上，有人态度亲切，有人漠不关心，有人吓唬她、小看她，话语中夹杂着"女孩子""女人""小孩子""丫头"之类的措辞。每次愤怒的时候，夕夜都会用冰岛语或芬兰语回应对方，将想到的单词都串联在一起，她才不管意思通不通呢。对方虽然听不懂会愣住，却还是勃然大怒。夕夜还是不敢一个人在晚上外出，也不敢走路时戴着耳机。看似亲切的男人会让她起疑心，无礼的男人会让她感到害怕。她经常会停在路上无法动弹，打电话向阿姨求助。为了保持做题手感，夕夜一直坚持做习题册，并且每天都会写日记。夕夜就这样活过了一天又一天。

2011 年 12 月 8 日
星期四

　　高考成绩出来了。语文和外语成绩还不错，只是数理考砸了，没有达到想要的成绩。阿姨买了鲂鱼刺身回来庆祝。我在阿姨的影响下渐渐爱上了鲂鱼刺身的味道。啊……我到现在还忘不了高考前一天阿姨买回来的金枪鱼刺身的味道。阿姨教给我的不仅仅是享受美味的金枪鱼和鲂鱼，还教会了我很多我本不知道的事情，从口味到喜好。因为阿姨，我开始渴望起家庭的温暖。但正因如此，以后也有可能会变得不幸。

　　我上次问阿姨，我是不是让她花了太多的钱。
　　阿姨笑着说她有很多钱，我问阿姨她是有钱人吗，阿姨点了点头。可我知道她并不是一个有钱人。

最开始，我以为阿姨肯定收了妈妈给的生活费。

我靠打工攒够了一个学期的学费，这都是因为有阿姨供我吃住。如果是我一个人的话，我根本不敢想象自己能攒到学费，估计连高考都不会去考。虽然阿姨斩钉截铁地说我一个人也能做到，可是我真的没有信心。阿姨总是把我想得太优秀，但我依然相信阿姨。比起自己的判断，我更愿意相信阿姨的话。因为只有这样做才可以守护自己。

我不想用爸妈的钱去念大学，那里面肯定有那个人给的私了钱，不管是什么形式的。我不想靠那些钱活下去。

我的朋友们（也不知道能不能再用"朋友"这个词了），如果我能正常（"正常"这个词也有点奇怪……）念完高中考上大学，我现在应该已经大二了吧？或者是大三？总感觉做这样的假设好奇怪。

夕旎又打电话过来了，可爱的夕旎在电话里狠狠地哭了一顿。她从以前念初中的时候就开始这样了，每逢考试就哭，成绩出来后还要再哭一次。即便是在上了高中之后，她也是一考试就会打电话向我哭诉一番。我只是没想到她高考完也这样。其实夕旎哭也还好，我感觉她只是因为不能笑才会哭。她真正生气或者愤怒的时候都不会哭，整个人会变得特别冰冷和聪敏。每到这时候，她周身的空气都会冷个几度，就像吸血鬼似的。她现在是不是也这样呢？虽说才分开几年，但我总感觉分开的那几年模糊掉了其他所有回忆，成了我们之间的全部。

　　真要去念大学的话，如果能和夕旎在一个地方念，我也不用一个人重新开始熟悉环境了。可是，我真的能做到吗？我真的能离开阿姨吗？阿姨曾感叹过我太年轻了，年轻得让她叹息不已。我不禁想起了妈妈曾经说过的话——"你还年轻，未来还有很长的路。"我很讨厌这句话，因为它总让我觉得我的人生已经结束了。所以在阿姨这样说的时候，我害怕了。年轻有什么好的？年轻只有危险。我希望自己不年幼也不年轻，当然也不年老，我也不知道该怎么说，反正就是想摆脱所有的形容词。

　　我现在很少会在睡梦中惊醒了，实在睡不着也不会再逼自己。

　　夏天和雨也都可以勉强接受了。

　　阿姨建议我什么事都去试一试。先试一试，如果无法像想象中的那么顺利，就改变自己的想法，实在做不下去还可以回江陵找她。

阿姨是在担心我吗？她之前说担心一个人是一件很棒的事情，可是我依然害怕会让阿姨担心。

我要把阿姨的话记在这里。

"虽然没到自叹的程度，但我确实还算年轻。虽然我现在很有钱，但我以后可以更加富有。出什么事了，你就想想年轻多金且单身的阿姨吧，那样你就会变得毫不畏惧了。"我不想再逃避了，所以我要记住阿姨说的话。

我绝对不会逃离阿姨，也不会带着随时要逃跑的念头活着。我会微笑着回到阿姨身边，这样阿姨注视着我才能微笑。

Chapter 3

第三章

2012 年，2013 年

夕夜和夕旎报了同一个地方的大学并且都合格了，那是一个离首尔不算很远的城市。看房子那天，妈妈陪着夕旎一起来了。搬家那天，爸爸也来帮夕旎搬行李。父母望着夕夜，打气的话怎么都说不出口。而夕夜也确实无法再自然地接受父母的好意，她感觉自己早已在家人心中被抹去了。不，也许是夕夜先抹去了家人。她已经无法像以前那样融入这个家了，她只想逃离，但也可能只是想发发火而已。父母对夕夜很温柔，明明原本都不是那么温柔的人，现在在她面前却会露出一副温柔的模样。父母表示要为她们付房租，可夕夜硬是要自己负担一半。整理好行李后，和夕旎一同躺在陌生的房间里，夕夜在心里问自己："和夕旎住在一起的决定是对的吗？"与很快便进入梦乡的夕旎不同，夕夜彻夜难眠，她现在只想回到江陵。

夕夜并没有逼自己广交朋友，也没有刻意参加系里的活动。刚开学的时候，学校里到处都贴着各个社团的招新海报。夕夜好不容易鼓起勇气来到校内广播部的门口，结果还是折回去了。曾经那段一想到可以写广播稿便兴奋不已的时光早已恍如隔世，甚至都有点像是编造出来的回忆。有时候，夕夜不明白自己怎么就来上大学了。她和阿姨虽然都认为应该念大学，两人也探讨了很久念大学的话题，可是她却一点也记不得当时谈话的内容了。她想打电话问问阿姨，但又不想为这点事让阿姨担心。

夕夜所在的城市很大，人也很多，不管去哪儿都很热闹。所有人都是无名氏，即便知道姓名，夕夜也可以把他们当无名氏看待。在学校里，夕夜只挑些人烟稀少的地方出没。她到处寻觅着没人的楼房屋顶、偏僻的后院和小路，找到后便不安起来，害怕自己在这些地方会遭遇些什么。夕夜也搞不懂自己到底想要做什么。

夕夜慢慢就明白了她在江陵时觉得自己稍微健康点的原因——一切都归功于阿姨所营造的氛围，是阿姨营造的氛围包裹住了她，对她念着"没关系，没关系"的咒语。在这个充斥着无名氏的城市里，夕夜无法找到那样的氛围。本以为自己有所好转的夕夜却每况愈下了。

尽管才大一，夕旎也有很多作业，她还报了英语培训班、参加了社团，每天都忙得团团转。她经常很晚才到家，周末也很少会留在家里。而夕夜则是不管是周中还是周末都在打工，和夕旎一样每天早出晚归，周末也不着家。晚上两人都没睡时会聊聊天，夕旎一般会问夕夜今天过得怎么样，有没有吃晚饭。夕夜大多时候都会给她一个正面的回答——"没什么特别的""吃了""还不错"，虽然基本都是在说谎。不，其实这都是些空空荡荡、毫无意义的回答。每一天，夕夜都在思考死亡。听课时，走路时，在咖啡馆洗杯子时，她都在衡量着毫无痛苦的死法与在无边厄难里获得解脱的死法，想象着自己消失不见。夕夜只设想自己，设想并判定自己凄惨的未来、每况愈下的生活，以及不管如何挣扎都无法好转的人生。夕夜也曾好奇，如果2008年7月14日没有发生那件事，现在的自己会想些什么？又会过着怎样的生活呢？可能不会有任何的改变吧。不管那件事发没发生，自己都是一个无可救药的人，一个日日夜夜想着死亡的人。

最近，一个男人经常会给夕夜发短信。他是夕夜一个大三的前辈，刚退伍，比夕夜大一岁。在夕夜刚升上大二选课之前，他主动联系夕夜，告诉她先修什么课比较好、哪位教授的课比较好。考试周里，他还会带上咖啡和三明治在图书馆帮夕夜占座。他每天都会发短信找夕夜，有时候也会等夕夜打工结束一起去喝杯啤酒。他们还一起看过电影。男人对夕夜说："你是一个很特别的人，我一直都在想着你，想好好珍惜你。"夕夜记得自己曾听过类似的话，在那个最可怕的日子里。

夕夜和他做爱了。做爱之前与之后，夕夜都认为做爱这种行为一点意义也没有。每次和他见面或聊天，与他相处的每一个瞬间，甚至是她一个人独处的时候，她都会想起堂叔，与性侵那件事无关，单单纯纯是想起堂叔那个人。夕夜不想让男人知道自己的遭遇。夕夜喜欢他，因为他认为夕夜的忧郁和敏感是天生的，并且接受了。夕夜喜欢他，因为他喜欢夕夜。

夕夜没有和夕旎还有胜浩提起男人的事。"经历过那样的事情还想要谈恋爱，未免也太贪图男色了吧？"夕夜害怕他们会这样想自己。其实这是夕夜对自己说的话——"都经历过那样的事情了还要谈恋爱？"另外半句则是活在夕夜脑袋里的堂叔的话——"你未免也太贪图男色了吧？"夕夜怎么都无法赶走脑袋里的堂叔，她觉得如果对男人好点、得到他的认可，就可以忘掉堂叔。所以夕夜一直都在观察男人的心情和需求，把自己所有的感情都与男人的爱联系在一起。即使她心里比谁都要明了，有没男人，自己都是一样的忧郁不安与寂寞。她只希望男人在她脑海里的存在能越发充盈，挤走一切，包括她的记忆与臆想，甚至她自己。

上学期开学没多久，夕夜和男人在学校食堂吃饭的时候遇到了认识的人。夕夜确定是自己认识的人，怕失礼，主动打了招呼。然而回了礼的对方却略显震惊。直到这时，夕夜才想起来。这是当年初中的后辈，高中也在一所学校上过。关系并不算很近，以前在学校时都不知道彼此的存在，更别说互通姓名了。"没事的，学校这么大这么多人，以后避免再碰见就行了。就算她知道我的遭遇也没什么，她也没理由到处宣传啊。"吃饭的时候，夕夜一直都在安慰自己。男人坐在对面，一边吃饭一边看手机。

"今天有欢迎新生的聚餐，你和我一起去吧？"男人头也不抬地说。可是夕夜并不想去。"要是没有我，你的学校生活可怎么办哦！你真的要多交点朋友才行！"男人反反复复强调了好多次社交的重要性。晚上，夕夜打工时收到了男人的短信，依然是聚餐的事。他让夕夜打工结束后一定要过去，并且说他已经和大家说过了，夕夜不去的话可能会造成什么误会。夕夜只得听了男人的话，去参加聚餐。聚餐上，夕夜又见到了她，在学校食堂里撞见的老家后辈。后辈已经喝醉了，看到夕夜很是高兴。她很咋呼地和夕夜打着招呼，为白天的事情道歉，表示自己是一时没想到才没好好问候，一边说一边抱住了夕夜。后辈喝醉了，一直都在说毫无意义的话："姐姐能过得这么好实在是太好了。姐姐是我的前辈真的好棒啊，我真的好开心好开心啊。我们以后经常联络吧，姐姐。"

脑袋里砰砰作响，仿佛堂叔敲开了夕夜的脑壳，欢快地蹦了出来，扬扬得意地在饭店和学校里闹腾。

第一轮结束后，大家转移到了另一个饭店接着喝。夕夜和男人说想先走，男人却反问起夕夜来："你以前发生什么事了？高中怎么只念了一半就退学了？"他希望自己和夕夜之间没有任何秘密，他想了解夕夜的一切。夕夜感到了恐惧，她害怕堂叔会从什么地方突然冒出来，觉得任何地方的任何物品都有可能是堂叔变的。男人坚持不让夕夜离开。夕夜想象到自己的事情在学校里传播开的场景，男人从别人嘴巴里听到这件事的场景。"我们分手吧。"夕夜刚说完，男人便愤怒起来。他死死地拽着夕夜不肯放手："我也是因为爱你啊，我必须知道你身上发生过什么事。"

那件事，夕夜在 2008 年 7 月 14 日的晚上和妈妈说了，之后去医院和警察局做了陈述。在那之后，她再也没有和任何人说过这件事，她甚至提都没有提起过那天。

夕夜把这一切都告诉了男人。

她内心深处还是存有一丝希望，希望能够得到男人的理解。除了希望，便全是自暴自弃和傲气了。她希望通过告知男人这件事来抹杀掉脑海里的堂叔，再不济也可以抹杀了自我。如果所有人都知道了，她觉得自己就能做到无所顾忌了。她是真的很想那样做。

听完夕夜的话，男人只问了几个司空见惯的问题，然后便陷入了沉默。他喘着粗气，不停用手掌揉搓着整张脸，就像在洗脸一样。夕夜开口表示自己想回家了，男人依然一言不发。夕夜独自离开，坐上公交车，回到了家。夕夜把房门锁上后又确认了一遍，这才痛哭起来。

男人在深夜里发了一条短信给夕夜，他依然不能理解夕夜为什么当时毫无反抗，指责夕夜如果爱他就应该隐瞒到最后，说谎总比坦白要好。手机被夕夜愤怒地摔在地上，夕旎慌忙抱住夕夜："姐，怎么了？发生了什么事？"夕夜推开夕旎。她问夕旎："为什么要这么问？为什么要装作一副不知道的样子？难道连夕旎也忘了吗？看我活得若无其事，所以连夕旎也忘了？"还是说她是故意的，想当那件事没发生过，所以就想连同自己与那件事一起抹杀了吗？夕夜现在只想冲出去，跑回江凌。突然，她又害怕起来，阿姨会不会也这样问呢——怎么了？到底发生什么了？

仿佛一切就像一场戏。

只有 2008 年 7 月 14 日的自己才是真的。

她感觉在那之前和之后，自己生活时都戴了一副面具。心里滋生了小小希望的自己，因为别人的喜欢而内心欢喜的自己，老实坦白的自己，夕夜厌恶这样的自己。大家让她别放在心上，她便听话地照做了，夕夜感觉自己重蹈了在集装箱里愚蠢举动的覆辙。"即便 7 月 14 日什么也没有发生，之后的某一天也必然会发生同样的事情，我这样愚蠢又没出息的女人势必会发生那样的事，世界上绝对有女人不需要经历那样的事，所以都是因为我不够机灵？一切都是我的错？"夕夜怎么都无法从这样的想法中摆脱出来。不过是区区男人，区区秘密，区区传闻，区区疑心，区区性侵而已。自我的存在太过沉重，压得夕夜喘不过气来。忍无可忍的夕夜好想放弃自我，想把自我吐出来。

两天之后，男人的名字又在手机上亮起。夕夜接起电话，那一头的男人执拗地质问着夕夜，发泄着他的怒气。夕夜想挂断电话，男人警告说会来家里找她。于是夕夜只得一直听着他泄愤直到凌晨。第二天，男人打来电话道歉，说什么想要帮助并且守护夕夜。夕夜干脆换了号码，将去学校的时间抽出来又添了几个兼职。她从早上八点一直工作到子夜，一刻也不让身体休息。下班后，夕夜在街头徘徊，去买醉，和不认识的人去旅馆过夜。她就这样消磨着自己的每一天。她说话再也不顾及其他，觉得恐惧就直接冲进恐惧之中，觉得会发生什么厄难就先一步让厄难降临。夕夜在用近处的不幸遮挡远处的不幸。她无法忍受心里不断冒出来的自我蔑视的想法，于是让这些话从别人嘴巴里说出来。只有别人先对夕夜随便，夕夜才能那样随便地对待自己。夕夜觉得现在的自己无所不能，走到哪里都会将这句话挂在嘴边。面对所有的事，她都会用"区区"来形容。

有一天，夕夜抑制不住自己的冲动，跑去了警察局。她觉得只要可以处罚堂叔，她就能从现在的地狱里爬出来。警察表示她之前取消过一次起诉，所以现在起诉不了了。"你不该和他私了的。"警察一边指责夕夜一边叹息道。夕夜并不知道，不管是那时候还是现在，当她身上发生什么事的时候，她永远都是在很久以后才反应过来。等她领悟时，一切都已经晚了。

随着梅雨季的到来，夕夜也几近疯狂。兼职的工作被解雇，她接连好几天都没有回过家。每一天都恍恍惚惚。夕旎觉得自己一个人说不动这样的夕夜，于是给江陵的阿姨打了电话。在一个下着大雨的周六凌晨，夕夜在家门口看到了阿姨的轿车。透过后视镜，她看到了车里挂着的白色海豚玩偶，这是她以前挂上去的。夕夜转过头，望向自家的窗户，家里亮着灯。她掏出手机，按了开机键，五通未接来电。夕夜不自觉地摸了摸耳垂，感受着那颗黑色的珍珠耳钉。她落荒般地逃离了家，毫无目标地走了一会儿，最后迈进了一家二十四小时营业的咖啡馆。夕夜找了一个角落的位子坐下，闭上眼睛。在江陵的生活就像一场梦，而梦里的人突然出现在了现实里。她并不想看到阿姨，她害怕自己早已在不知不觉间把阿姨也看成了"区区"的存在。手机振动起来，是阿姨。夕夜接起电话。

"阿姨来看你了，你怎么不在家啊？快点回来吧。"

"阿姨在家里，我回不去。"

"别这样，你快回来吧。"

"我错了，阿姨。"

"没有啦，你又有什么错呢？阿姨求你快点回来吧。"

"我下次去江陵看你吧，我现在真的没有勇气去见你。"

阿姨犹豫了一下："好吧，那你下次一定要来江陵看我，我会一直等着你的。"

阿姨的声音里带了点哭腔，夕夜没有哭。

夕旎和夕夜说想回老家一趟。

"你要回去为什么不把我也叫上？妈过生日，为什么就你一个人回去？现在这些都成了理所当然的吗？"

夕夜也不知道自己为什么要和夕旎发火。

"要不我也不回去了吧？我留下来陪你吧？"夕旎小心翼翼地开口询问。

"我不是这个意思，我是说我也应该回去，你应该叫我一起的啊。"

"可是姐不是还没走出来吗？在江陵那几年也一次都没有回去过啊。"

"那你也该叫上我啊，我难道不算你们的家人吗？我也是妈的女儿啊，为什么我不能回去？"

"那一起回去吧，姐。我们就一起回去。"夕旎似是厌倦了争吵，有气无力地回答道。

夕夜突然好想把自己的嘴巴给缝起来，一边心里对夕旎愧疚一边又觉得她讨厌得不行。明明不是夕旎的错，可夕夜就是想怪在她身上。夕旎放下书包："算了，不回去了。"这个举动再一次激怒了夕夜："妈都要过生日了，至少你也要回去看看吧？！要不然爸妈肯定会很恨我。"一顿折腾之后，夕旎独自离开了。疲惫不堪的夕夜渐渐睡着了，又做了那个时常会梦到的噩梦。在梦里，夕夜在一个看不清面孔的男人的追逐下拉开一扇又一扇从里面封死的门，始终找不到出口。明知道是梦却怎么也醒不过来，只觉得身体在不停地坠落。

当夕夜再次睁开眼睛，外面已经是傍晚时分了。房里的窗户是开着的。"我睡前打开过窗户吗？"夕夜背靠在墙上，望着窗户自言自语。夕夜想打电话给夕旎道歉，又怕自己还会对她发火，现在的她实在是控制不住自己的情绪。她觉得自己已经失去了阿姨，现在又在一点点地失去夕旎。一股一直缠绕在夕夜身边、无比熟悉的感情再次吞没了她，是忧郁和不幸，以及自责和对死亡的热切希望。夕夜和夕旎租的房子在五楼，轻而易举就能跳下去；去厨房就能拿到刀，夕夜很清楚割哪里能溅出两升的鲜血；衣橱里的挂衣杆比夕夜的个子还要高……总之，夕夜可以顺利地死去，痛苦虽然不可避免，但也不会持续太久。在明天夕旎回来之前，她就可以完全抹杀自己的存在。夕夜费了很大功夫才让一切都变成了"区区"小事，其中最先得到轻视的便是她自己。神志越来越清晰，夕夜知道自己能做到。她只需要站起来，将椅子推到窗台下面，踩着椅子爬上去就行了。夕夜吓得不敢动弹，感觉自己一旦动了就真的会那样去做。兴许她来到这个世上就是为了从窗台上跳下去，兴许她之前的人生也都是为了今天从窗台上跳下去而存在。这一刻，时间好像都停住了，仿佛只要夕夜一刻不死，时间就一刻也不会再往前走一样。她感觉世界上的一切都在等待她迈向死亡的那一步。夕夜又想起了人们对她说的残忍话语，望着她时充满轻蔑和质疑的眼神。随之浮现在眼前的还有顺着大腿慢慢滑落的黑色西裤，乌紫色的内裤，鼻腔里仿佛还充斥着堂叔车里的味道。似是在鼓励夕夜寻死一般，那一天的记忆和感觉全都鲜活起来。夕夜想象自己的脑袋正在被割开，脑袋里的一些东西被拿了出来。夕夜逼自己把所有的注意力都集中在想象上。渐渐地，她能够断断续续地听到夏夜里特有的喧嚣声。她想动一动，想站起来喝杯冰水，甩掉所有不好的念头。她想出去跑一跑，打个电话给阿姨。她想像电视剧里的主人公一样开朗又坚强地活下去。夕夜曾经和素不相识的男人们说过自己什么都可以做，而她也确实做到了——只要是对方要求的，她都满足了。正因为她什么都可以做，所以她理应可以活成电视剧里的主人公，坚强又开朗、信赖他人、肯定自我，在任何苦难和逆境中都不会放弃，等待着属于自己的快乐结局才对。突然，外面下起了阵雨，雨水顺着窗缝钻了进来。手机响了，夕夜静静地看着手机屏幕。她想接电话，可是手不听使唤。铃声停住了，很快又再次响起来。夕夜竭尽全力地尝试着，想让胳膊动起来，想要碰到手机。铃声停了，又响起来。几番努力后，夕夜终于艰难地按下了通话键。手机依然躺在地上，里面依稀传来胜浩的声音。夕夜想张开嘴巴，想说"你过来吧"。夕夜想告诉胜浩："我想你过来看看我。"

胜浩和哥哥一起在首尔生活。每当他坐市内公交的时候，他都会想起那个夏天，那个他们约好放暑假一起来首尔玩、坐着首尔硕大又缓慢的公交车到处逛一逛的夏天。胜浩是真的很想信守诺言，更何况又不是一个多难完成的诺言。分明是那么简单的一件事，后来怎么就变得遥不可及了呢？胜浩今天接到了夕旎的电话，夕旎向他讲述了自己的不安。原来是夕夜一直不接电话，她希望胜浩能过去看一看夕夜。本来即便没有这通电话，胜浩也想打给夕夜。不仅是因为他知道夕旎回老家了，更是因为他每天也都活在不安之中。

电话接通了，但是胜浩什么声音都没听见。

胜浩举着手机，急匆匆地跑出家门叫了辆出租车。在赶过去的路上，胜浩的嘴巴一直都没有停歇："姐，你还记得我们三个小时候在体育场玩火的事吗？当时被值班的老师逮着了，后来我妈被叫去学校挨训，事情闹大了。你说，我们那时候怎么就喜欢烧东西呢？老实说，夕旎一直都是最积极的。每次我们都还在犹豫的时候，夕旎二话不说就把火点着了！对了，姐，现在广播里在播'展览会'①的歌呢。这首歌真的好老啊，要不是姐喜欢，我都不会知道。一般一根烟抽完，歌也就播完了。"胜浩想到哪里说到哪里："姐，我已经在路上了，很快就能到了，今天路上一点都不堵。要我给你买点冰淇淋带去吗？还是买点饺子？要不我给你做拌面吃吧。家里有挂面吧？姐，你说神不神奇，车开到现在一个红灯都没遇到，全是绿灯。我很快就能到你那里了。"直到胜浩走下出租车，电话都没有挂断。到达楼下的胜浩抬头看了看夕夜的房间，窗户里一片漆黑。他赶快跑上楼，顾不上平复气息便敲起了门。门内却一点动静都没有，胜浩挂断电话拨给夕旎，要到了玄关大门的密码。他打开门，冲了进去，只见夕夜一个人坐在漆黑的房间里。夕夜背靠墙坐着，一只手环着弯起的膝盖，一只手够着地上的手机。胜浩打开灯，慢慢地坐在夕夜旁边。夕夜正在看着从窗缝渗进来、堆积在地板一处的雨水。胜浩又起身关上窗，用毛巾把地上的雨水擦干净。这时，夕夜好像说了些什么。胜浩急忙凑近夕夜，等她再次开口。"我动不了。"夕夜隔了很久才吐出一句话来。

① 展览会：韩国著名抒情二重唱，成立于1993年，1997年解散。

胜浩立刻帮夕夜把腿脚伸展开来，让她坐得舒服一点。夕夜僵硬的四肢血色全无，脸和头发都让冷汗浸湿了。胜浩接到了夕旎的电话，回答她："没事了。也没出什么事，我已经到姐家里了。"

夕夜轻轻地喘着气。

胜浩想知道答案，更想帮夕夜找到出口。"姐，你知道迷宫吧？"他一边按摩着夕夜的手脚一边说，"据说如果想要在迷宫里找到出口，只要在走迷宫的时候把手放在左边的墙上就行了。这样就算要花时间把迷宫从头到尾都走一遍，最后还是可以找到出口的。"夕夜僵硬的四肢慢慢恢复了血色。"深呼吸啊，姐。"胜浩望着夕夜的眼睛说，然后他做起了深呼吸。夕夜学着胜浩慢慢地吸了一口气，然后她突然咳了起来。胜浩拍着她的背，顺抚着她。咳嗽停止后，夕夜深深地吐出一口气。"要不要出去走走？我们找个地方吃饭吧？"胜浩提议道。夕夜双手支撑着地板，将膝盖支起来。然后，她在胜浩的搀扶下慢慢站起来，并且将手放在了左边的墙壁上。

2014 年

不管后辈和男人对系里的同学们说了什么，夕夜都不在意。从某种程度来说，她也确实没怎么放在心上。夕夜以三十分钟为单位计划了自己的每日行程，就这样按部就班地生活着。她努力坚持在同样的时间起床、离家，也在同样的时间入睡。她会在去学校的路上提前安排好没有课的时间，打工结束回家的路上思考到家后吃什么东西，以及大扫除和洗漱的顺序。夕夜想让自己的生活变得尽量简单明了，容易预测。

完成小组汇报的那天，夕夜收到了小组聚餐的群发短信。对方似是因为没有等到夕夜的回复，又发了一条短信过来，问夕夜是否参加。夕夜只得回复自己要去打工，不能参加聚餐。

"那你好歹过来待一会儿嘛？这次的主题是你定的，最后整理的人不也是你吗？"

"我真的抽不出时间来。"

"你没必要这么躲着大家。我们都能理解你心里的伤,也很想和你好好相处。"

夕夜直愣愣地看着短信。伤吗?……不能算是吧。伤口总会有愈合的那一天,即便可能会留点痕迹。可是那件事却像寄生虫一样,像病菌一样,像一个活物一样,一直影响着夕夜的每一根神经。它并不是"已经过去的事",它经常会像这样猝不及防地挤入夕夜的日常生活,将她变成一个别人口中的"什么人"。

"我们都放轻松点吧,放轻松点。再晚也要过来看看,我们都想和你聊聊。"

夕夜陷入了沉思,这里的"轻松"是什么意思呢?也许是善意吧,这善意是刻意而为的吗?夕夜并没有再回短信。就算他们说她有被迫害妄想症、误会她、骂她都无所谓。反正她已经充分领受过误会和辱骂了。

关于性犯罪的亲告罪[①]早已被废止,夕旎掏出手机给夕夜

[①] 亲告罪:指告诉才处理的犯罪。即以被害人或者其他有告诉权的个人的控告作为必要条件的犯罪。韩国已于2013年废止了性犯罪的亲告罪,起诉权由个人转为检方。

看了以前的新闻。

"我怎么一直都没想到这事儿呢?"夕旎自责地说道,"我当时怎么就没有想到替姐去报警呢?"

"当时你报不了警,只有我才可以。"

"可是我当时却连想都没有想过这件事,现在想想就觉得羞愤,搞不好我当时也把那件事当成了姐一个人的问题。"夕旎语气冷冷地嘀咕着。

夕夜问夕旎那个人后来过得怎么样,夕旎说:"他早正常结婚生子了,孩子和妻子住在首尔,他则是往返于首尔和老家之间,事业繁荣,腰缠万贯。我也记不得了,好像还提到了什么市议员来着,也不知道是他当上了市议员还是要去竞选市议员,也可能是要支持谁去竞选市议员吧。"

"那样的人怎么能当市议员呢……"

"我听大人们说,市议员也就是那样的人才能当得上。"

夕夜回想起自己的过去,太寻常又太显而易见了,她不禁失笑。夕旎又提到了胜浩,那已经是夕夜去江陵后的事了。某次过节期间,胜浩砸了堂叔的车,还对堂叔动手了。当时周围的人报了警,警察都出动了,最后大人们依然用他们一贯的作风选择私了。胜浩的朋友还有学校的前后辈们都以为夕夜原本就是个追着男人跑的"胆大的女孩子"。根据他们的评判标准,惹出问题的人不是堂叔，而是夕夜。他们就跑去找胜浩确认，夕夜是不是真的主动勾搭了堂叔，所以堂叔才会上钩。他们说她的心思如此缜密，甚至还跑去妇产科留下了证据，最后找堂叔要了多少钱。他们甚至还追问了胜浩和夕夜的关系。被质疑的胜浩一气之下，直接跑过去把堂叔的肋骨打折了。

夕夜还是第一次听说这件事。

"要不要杀了他呢？"夕旎自言自语道，"干脆把他们都杀了吧？"

夕夜度过了一个漫长的迷惘期，不知道自己到底想要什么。虽然她做了无数次自杀与杀掉堂叔的设想，但这并非她真正想要的。而且她也不喜欢使用暴力。有一个2008年7月14日就够了。尽管大人们口中那句"她完了"直让她气得咬牙切齿，其实她也认为自己的人生早已无药可救，所以她才想干脆一了百了，走向破灭算了。可每次当她真的费尽力气向着破灭更进一步时，她都会感到其实自己还不算是无可救药。

2008年7月14日
星期一

这可以说是我第一次,冷静地、长时间地思考自己到底想要什么,并且直视钻进我脑袋里死活不肯出来的那个人。

就算真的可以用法律制裁他,他也绝不会认为自己是加害者。相反,如果他受到惩罚,甚至会觉得自己才是受害者,反而会更加厚颜无耻。受到惩罚后,他就会全然忘记这件事,轻松地展翅高飞。我在2008年7月15日那天去了警察局,我需要确保自己的安全,因为他之前就暗示以后还会再来找我。我本以为报警了,至少警察也会把他关起来,哪怕只是一段时间。最后,这件事闹得尽人皆知,他再也无法靠近我了。可这难道是警察的功劳吗?并不是吧,是因为我选择了"自我毁灭"。警察只知道质疑我,劝我私了。而我背负了一身的非议,成了传闻中那个肮脏的女孩，不得不落荒而逃。可那个人呢？依然端坐在自己的位子上。即便如此，我依然不后悔。我的活路是我自己争取而来的，我为什么要后悔？如果我不对任何人说，那之后不知还要遭遇多少次那样的事。搞不好整个高中期间都得那样度过。如果真是那样，我早已成了他最忠实的奴隶。随着他罪行的堆积，我对自己的诅咒也会变本加厉。也许我的结局就会像警察说的那样，变成一个什么都做不了，只能把自己锁在房间里的疯子。肯定有不少人认为那才是我应该做的事。

我希望那个人能够厌恶并憎恨他自己，程度要和我对自己的厌恶一样，必须像我这样对自己憎恨和自责，必须像我这样毁掉自己才行。不，我愿他对自己的厌恶和憎恨的程度能比我的更深，愿他能毫无辩解地承认过错，为自己感到羞耻。

如果不可能的话——

我希望能有一个力气和块头儿都要比他大很多的怪物一般的人，不，就算不是人也无所谓，是野兽也没关系，总之我希望他也能遭到强奸。那样的话，我不需要他清楚自己犯了什么罪，不需要他家徒四壁，不需要他的家人遭遇不幸，更无所谓他的名誉会不会遭到损害，我只要他也经历一遍那样的事，然后这件事还得让所有人都知道。如果真的发生了这样的事，人们又会和他说些什么呢？也会质问他是不是很享受吗？人们会对他说如果他拼死反抗，这样的事就不会发生了吗？会斥责他一个成年男人胆子太大了、不知羞耻，认为成年男人哭着说的话千万不可全部相信吗？会认为成年男人喝酒就是有问题，是他自作多情吗？会感叹这件事已经传遍四面八方，他一个成年男人以后的人生算是彻底完了吗？会说他又不是处男，谁知道是他先勾引的人家还是人家勾引的他？会把他当加害者看待吗？

我不要，我不要胜浩为了我去砸他的车、打折他的肋骨，也不要夕旎心里带着想要杀了他的想法活着。哪怕我现在再次与他抗衡，人们依然会选择站在他那边。有人靠他的生意赚钱，有人租住着他的房子，有人的工作都是他帮忙找的，有人一直在等着他的一句首肯，甚至有人即便与他没什么关系也会认为自己和他沾亲带故。人脉颇广的他喜欢与政治家、教育家、传达上帝旨意的人以及有钱人称兄道弟，人们当然愿意相信他是一个优秀成功的人，是一个理应受到认可的人。不管他做了什么勾当，人们都只会这么说："成大事的男人偶尔犯个小错是在所难免的。"正是这些话助长了他的气焰，让他变成了一个做什么都不会有问题的人。

我是怎样的一个人呢？那里的人又都是怎么称呼我的呢？

女孩子。
还不是女人的女孩子。
胆大的女孩子。

肯定有很多人不能理解我吧？
不懂我为什么在这件事上耗这么久，认为是我自己放弃了自己的人生。
觉得这是下下狠心就可以忘记的事。
认为一切原因归根到底都是我太软弱。
甚至还会认为这是所有女孩子都会犯的错。
这些真的是别人的想法吗？难道不是我脑袋里的臆想吗？其实一直都是我在蔑视我自己吧？好想停止这愚蠢的自我厌恶啊。我不能再停滞不前了，我也想跑起来。

2014年9月9日
星期二

六年没回家,我的房间已经变成仓库了。

爸妈也许也把那件事归结成我的错了吧。"都是我女儿没出息,也怪我没有教育好她,但她其实也没有那么坏啦,只是还不太懂事罢了,那都是青春期时犯的错了,现在都过去了。"他们肯定都是这样自我安慰的吧。

我看到那个人了,他站在人群之中,手里抱着一个孩子。

他好像一直都在被保护着,站在人群中微笑着,抱着孩子微笑着。他是那么耀眼,就像站在光里一样。他仿佛是一个理当站在那里的人,而那里却是我无法触及的地方。

大家若无其事地迎接我。不,准确来说应该是把我当成了隐形人。现在想想,我小时候也是个隐形人。当时没有一个人对我感兴趣,而现在他们只是在假装漠不关心。那件事发生以后,我多了一种奇怪的能力:可以读懂人们的眼神。过去三天里,隐藏在人们眼神里的话,我都读懂了。少故作好意地操心我的未来,还是去操心你们自己的未来吧。

谁家儿子一个月能赚多少多少,谁家女儿最近刚买多少钱的房子;听说那家儿子考上税务师啦,那家女儿一年能赚一亿多韩元;我家女婿今年在国外赚了好多钱,我女儿每年过节都会给我们买金手链金表还有名牌包包;我家孙子终于通过了那个据说很难的考试,以后女人就该排成队等他来挑了;那家儿子什么时候才能懂事啊?不过男人一旦懂事就很好办了,可是他家又没有资本,他也没啥本事,还不如随便找个人赶快结婚呢;女孩子不能念太多书的,书念多了只会让她们的眼光越来越高,女人一旦年过三十就……这些话听得我都快疯了。他们的对话永远都只有自我炫耀和对他人的指责。我好想问问他们都如何看待自己的人生——除了子女之外,你们有自己的人生吗?我也是你们茶余饭后的谈资吧,就像嚼花生一样消遣着我取乐,在我的人生中留下乱刀砍过的痕迹。你们就这么无聊吗?那你们的人生也太空虚了吧?

我本以为自己最大的不幸是遭遇了强奸,原来并不是,我最大的不幸是出生在这样的世界、这样的人群之中。把这些人当作长辈低头问好,只要是他们说的话就必须听,否则就是一个不懂事的孩子,是一个不可救药的孩子。堂叔强奸我不是因为他有多邪恶,而是因为在这样的世界里他的行为并不算是强奸。堂叔是光明磊落的,身为加害者却又一副受害者的面孔,这应该是这个世界上最理所当然的语法之一。这里的人都不懂"强奸"和"性侵"的意思,他们只知道"男人一时没忍住做出那样的事也很正常"。如果他有钱,大家会说他有钱又有什么搞不定的;如果没钱又会让你可怜可怜他、睁只眼闭只眼算了吧;甚至钱不多不少也能有说辞——还不是饱暖思淫欲嘛……因此,这里的男人随时都可以做出这样的事来。我听说地球上依然有些地方保留着女性割礼[①]的习俗,有些地方还会嫌弃经期的女人脏,让她们自主隔离,还有些地方会把女人当

[①] 女性割礼:一种陋习,始于古埃及法老时代,于女性四岁至八岁间进行,目的是割除一部分性器官,以免除其性快感。女性割礼确保女孩在结婚前仍是处女,即使结婚后也会对丈夫忠贞。

私有财产看待，还有些人会因为妻子陪嫁太少而虐待妻子。如果和我周围的人说这些事情，他们会有什么反应呢？他们会震惊吗？可是我们又有什么不同呢？大韩民国就不同了吗？"我儿子一个月赚那么多钱，不过是年轻时碰了个女人而已，有什么好大惊小怪的？"……在会说出这种话的土地上，大家都是半斤八两的野蛮人，都应该学学"廉耻"两个字怎么写。

如果那天没有发生那件事，我的人生肯定会和现在截然不同。

即便那天没有发生那件事，他的人生也不会和现在有任何区别。

"你们忘了吗？那个人不是强奸我了吗？"

我说完这句话后，大家都愣住了。气氛很尴尬，他们咂着嘴说我不知羞，怎么有脸若无其事地说出这样的话来。他们看我的眼神就像是在看一只虫子。我不是虫子，我也是人，我也知道羞耻，但我一点都不羞愧。

2008 年 7 月 14 日
星期一

我还记得，第一次在教堂见到他的时候。对他来说不是第一次，但对我来说是。我们把冰淇淋蹭到他衣服上了，他反而很高兴见到我们。当初的场景仿佛像一张照片摆在我眼前，他的表情是那么生动。他轻轻弯下腰扭开水龙头，把水管递给我。为了避免水四处飞溅，他还细心地调节了水流，然后便很绅士地等在一旁。他会担心我是不是受到了惊吓，看到我警戒的眼神后沉着冷静地和我做了解释。他并没有看对方是小孩子就随意对待或无视我们。他阻止了要去喝自来水的我，为我拿了一瓶冰矿泉水。虽然在给我钱的时候抓了一下我的手，但那只是毫无意义的触碰。他当时真的就是这样的。

当他把手机作为生日礼物送给我的时候，我虽然有点心理负担，却很开心。那是父母绝对不可能给我买的最新款手机，而且在当时没有手机可能会遭到同龄人的无视，那样我可能无法交到朋友，更可能会产生消极情绪。他给我手机的时候已经喝醉了，一直都在抚摸着我的头发和肩膀。老实说，我的心情并不坏，甚至都没注意到喝醉的他在摸我的头。当时我还穿着睡衣，他看着我心里滋生了不纯的想法吗？他是带着不良的意图送我手机、摸我头发的吗？"大哥因为我连女儿的毕业典礼都没能参加，实在是太抱歉了，太感谢了。"他的这句话听起来像是真心的。

有一次过节，应该是新年的时候，我在胜浩家的院子里和他聊了很久。那时的我每天都死气沉沉的，心里充满了忧愁，和亲近的朋友也慢慢疏远了，我感觉朋友们对我毫无真心，质疑自己是不是当真有那么可笑。还因为零花钱的问题垂头丧气，怎么都追不上朋友们的消费水平。父母在频繁的吵架之后，每一次都会把气撒在我身上。这一切都让我觉得自己无比渺小。当时我的眼睛只会追逐着特别的人，而自己却平凡至极。那天在院子里，他夸我变漂亮了，说了很多我的优点。他还说，如果我有一颗想要做好的心就能成就大事。他说这些话的时候看起来是那么稳重，让我不禁想要相信他。他从口袋里掏出一支烟，点火前问我能否抽烟。在那之前，我从没有见过吸烟前会征询我同意的大人。我点点头，他抽了起来，而我则是在旁边静静地站着。烟雾之中的他像是在思考着什么，我也在幻想成年后的自己。即便是在那时，他依然没有碰我，甚至连一句带私心的话也没有说。

初三的夏天，我和他曾在市里巧遇。当时，我刚从书店买好习题册出来，然后就听到他叫我了。他坐在轿车的驾驶座上，旁边还坐着一位成年女性。他们俩身穿正装，看起来都很热。他表示自己也正准备回家，可以载我一程。我老实地坐在后座，听着他和那个女人低声聊天。途中，他问了我什么，我在回答的时候叫了他一声叔叔。女人听到后噗地笑出了声，说我不叫他堂叔也不叫他哥哥，叫叔叔有点太见外了。女人下车后，我依然坐在后座。他问我要不要喝咖啡，然后把车停在一家咖啡馆门口。我和他一起走进咖啡馆，买了两杯外带的冰咖啡。回到车上时，他让我坐到前面去，我没多想就坐过去了。他说他刚刚差点都没认出我来，问我是不是长高了，我点点头，我那年长高了五厘米左右。爸妈都没发现的事，他竟然一眼就看出来了。车内很凉快，和外面刺眼的阳光形成了鲜明的对比。我感到有点冷，用手抱住了胳膊肘。见状，他立刻打高了空调的温度。看见我用手遮着额头,他又从扶手箱里掏出一副墨镜递给我。我感觉自己得到了贵客般的礼待。他对别人也是这样吗?都会及时做出反应吗?是他的性格天生如此,还是习惯照顾人呢?墨镜对我来说太大了,总是会滑下来。那是我第一次戴墨镜,心情有点微妙,莫名有一种变成大人的心情。现在回想起来,与他相处的大多时候,他都会不禁让我幻想起长大后的自己。我并不记得他当时看着我的眼神,如果别有用心的话,我一定会记得。那一天,他把我送到了家门口。

我还在某天晚上遇到过他。那时候我高一,晚自习结束后在公交车站台看到了他。当时我和朋友们在一起,所以也仅和他打了声招呼而已。公交车来了,我们一起上了车,然后又一起在家附近下车了。与朋友告别后,同行的就只剩下我们俩了。我从未想过他也会坐公交车,他说因为喝了酒所以没有开车。他说完,我才闻到了他身上的酒味。在十字路口处,我要直走,他要右转,但他还是跟着我一起直走。他说是因为太晚了,应该送我回家,而且他也要多走走才能醒酒。那一天,他也没有碰我,一根手指都没有碰我。到了家门口的巷子时,我和他道了别。他给了我点零花钱,是十万韩元还是五万韩元来着?然后他就站在那里看着我拐进巷子。我回头看他,他还挥手让我快点回去。他那天又是在想什么呢？

2008年初春，所有亲戚都来我们家聚会了。我们在院子里烤肉，大人们都喝了点酒。他在去完洗手间后敲了我的房门，说是要开始烤鱼和蛤蚌了，让我出来吃点。我说我已经吃饱了。他似是已经有点醉了，脸颊通红的。他参观我的房间，说我房里有好闻的味道，还仔细看了看书架上的书。在这期间，我只是抓着门把手，静静地站在一边。他走出房间，坐在了沙发上。我感觉直接关门不太好，于是去厨房给他泡了杯温蜂蜜水。拿过蜂蜜水，他一边道谢一边称赞我是一个心思深远的孩子。不对，他好像说的是"想得周到"？我记不清了。他和我讲起自己念大学时的事，还讲了他原来想做的工作以及现在正在做的工作。他的描述让我觉得他只是想确认一下自己主人公的中心位置。透过阳台的窗户，亲戚们还在院子里嬉笑着。他瞥了一眼便露出不耐烦的表情，缩在沙发里安静地闭上了眼睛，许久都没有睁开。我不知道他是在思考还是睡着了，于是我蹑手蹑脚地站起来，走回自己的房间。没多久，我就听到了玄关门被打开再被带上的声音。当时，家里只有我和他。他的眼神一点都不奇怪，他也没有和我说什么奇怪的话，只是在自顾自地说着自己的事情。他当时真的就是这样的。结果半年不到，就到了 2008 年 7 月 14 日那一天。

他既不是怪物也不是禽兽,是一个亲切又随和的成年男性。这使我难以接受也无法理解他为什么会做出那样的事来,所以我花了很长时间才得以在日记上写下我和他的事。如果他没有对我下手,如他所言,也许我真的会在遇到困难时去找他帮忙。如果他没有对我下手,我也一定会去参加他的婚礼,会祝福他孩子的诞生。随着年纪的增长,我也许真的会如他所言,待他亲密无间。我是真的想不清楚,到底是他自己突然改变了,还是时间改变了他,抑或是他原本就是这样的人?可我想弄清楚,于是我花了很长的时间,因为我是真的很想知道。

如果那天我没有睡懒觉,如果那天我没有坐上他的车,如果我稍微晚点儿或者是稍微早点儿去学校,如果我没有去便利店买东西,如果我没有沉浸在好心情之中,如果我没有把音乐声开得那么大,如果我没有在集装箱里抽烟,如果我没有选择相信他……这些假设一点用都没有,做了不该做的事的人是他。他明明可以不那样做,也不应该那样做。正因如此,我才会恨自己。恨那个一直想着他、复盘着那天、试图找到自己错在哪里的我,恨那个了解他亲切和体贴性格的我,恨那个心想"他原来并不是这样的人"的我,恨那个怀疑是不是酒精作祟的我,恨那个明知道不是这样却还在为他寻找其他理由的我。

他肯定不会恨自己。哪怕他真的恨过自己一次,也应该来向我乞求原谅,而不是做些丢人的辩解。他爱自己,珍惜自己。在他眼里,自己才是世界上最珍贵的人,他的人生一丁点过错都没有。他现在也还这样生活着,丝毫没有改变。那我又为什么要恨自己,为什么要尝试着各种方法自暴自弃,为什么连我自己都要追究自己的责任?说着担心我的人以及强奸我的人是同一个人,一个既亲切又可耻、既多情又残忍、既真诚又肤浅的人。这就是人。我一直都想去理解那些我所不能理解的事情,以后也会如此。这是我无法割裂的一部分。责备他不是人太简单了,骂他禽兽更加容易。简单容易的话语没有任何意义和力量。他既不是禽兽也不是恶魔和怪物,只是一个普普通通的人,所以他才会强奸我。他不会努力想要理解我,因为不闻不问要容易得多。他的人生一直都是如此轻松简单。而我却一直都在努力,以后也会继续努力下去。我会努力成为一个想要成为的人,绝对,不要成为他那样的人。

致我亲爱的夕旎

谢谢你和我说睡不着可以打开灯。

谢谢你叫我一起去吃面。

谢谢你安静地为我关上了窗户,以及没有把我从衣橱里拉出来。

谢谢你每次都能和你的朋友们说抱歉,及时飞奔着来找我。

谢谢你晚上愿意陪我出去,明明不会抽烟却还非要和我一样手里夹着根烟。

谢谢你在我莫名其妙发火的时候也一直陪着我,直到最后。

从小时候开始,我就一直很羡慕你。每次想起你,我心里都会充满了勇气。我每个瞬间都在爱着你。

夕旎啊。

我知道你在担心我,所以我听话地把你给我的小斧头带在身上。可是它实在是太重太碍事了,我无法一直带着啊,于是我就把它留在了竹边①的海堤上。我还有那么多年的人生,以后不可能总是这样活着吧。我不能因为一直握着斧头,而放弃能触碰并握到其他东西的机会。我一定会想到其他办法的,我会甩掉那个包袱,轻松上路。

看来,一个游客是真的做不到不引人注目吧。不管去哪里,都会有年长的女性一脸担忧地跑来问我一个年轻女人为什么要独自出行,对我的决定指手画脚。我还遇到一些民宿的老板,他们不愿意将房间租给一个女人。因为一个独自出行的女人会让人们陷入担心和疑问之中。起初,这些话让我觉得很不舒服,但多听几次反而激起了我的好奇心。你说在"年轻""女人"和"独自"中,到底是哪一个词语深深触动了他们呢?

当然,我也遇到了很多亲切的人。有一次,我只是询问去莲池该怎么走,对方看我是一个人,竟然一路陪我走了过去。还有一次,我在公交车站等公交,结果司机师傅主动问我要去哪里,还亲切地告诉我方向坐反了。还有一个民宿的老板在我入住的当天为我准备了亲手制作的三明治,在我离开那天还送

---

① 竹边:庆尚北道蔚珍郡竹边面的旅游景点,拥有两个海水浴场和一个港口。

了我两个青苹果，说苹果已经洗干净了，口渴或者累了的时候可以吃一点，苹果又甜又爽口，吃了可以给身体补充点能量。然而每当我触及他人的亲切时，我都会去想：他们是不是因为我是"独自出行的年轻女人"才会这么照顾我？如果我能不乱想，得到亲切的对待就单纯地开心该有多好。可是我怎么都做不到，我无法控制脑袋里那些复杂的想法。是因为我经历过不好的回忆才会这样吗？你现在又在哪里呢？你也会这样想吗？你也会对亲切感到害怕吗？

出来到处走走，独自去选择、独自去经历、独自去解决问题后，我能真切地感觉到自己在一点点变好。当年在江陵的时候，我也有过类似的感觉。当时我以为自己是真的好了，其实并不是。现在不一样了，当时身边有阿姨陪着我，现在却是我一个人。我现在就算是一个人也能感觉自己好多了。虽然以后可能还会再次抑郁，但我感觉好起来的那一刻也终会再来。我知道我的状态肯定会不停反复，毕竟现在离尽头还远着呢。

去云住寺[①]那次，我到的时候已经是深夜，找不到住处，所以我就在寺庙里借住了一晚。

你肯定会问我害不害怕吧？

[①] 云住寺：位于全罗南道光州市和顺郡的佛教寺庙。

当然害怕啦。

我一直都活在恐惧之中，夕旎。我的恐惧无关乎地点，更无关乎和谁在一起。我以后也会一直害怕下去，我也是最近才理解了这件事。

借住在云住寺的那一晚，我在凌晨梦到自己死了。我以为一切都结束了，但睁开眼睛的时候，听到了清晨礼佛的钟声。那时候，周围一片漆黑，我有一瞬间甚至都不知道自己是活着还是已经死了。也就是在那一瞬间，我感受到了前所未有的自由。随后，活着的感觉慢慢席卷了全身，我抬起手，轻轻地揉了揉眼睛、耳朵和鼻子，最后还摸了摸胳膊。我一点点揉着身子，感受并确认这具将陪伴我一生的躯体。很快，我又睡着了。虽然只是一小会儿，但那一小会儿是真的睡得很沉很香。天亮后再次醒来的时候，我的身体感到了前所未有的轻松，我都有点难以适应了。虽然很想再留几天，但我怕自己一旦留下就再也不想走了。于是我都没顾得上和住持道别便直接离开了寺庙。通往寺庙入口的那条路上，青灰的土地上竖立着很多石佛。这些石佛有的没了脑袋，有的只剩一个孤零零的脑袋。如果前一晚看到了，我肯定会害怕得掉头就跑吧。远远的有一位僧人向我走来，他一脸慈祥地和我打了招呼。我们站在路边简单聊了几句，明明都是些再寻常不过的对话，我却感觉到了一点超脱。回到市里，我去了一趟澡堂。洗澡的时候,还听了听人们的对话。走路的时候也是，坐在公交车上的时候也是，吃饭的时候也是，我一直都在听四周人的对话。与我毫无关系的人们的对话，与我素不相识的人们的对话，再也不会见面的人们的对话。

你肯定很好奇这是什么意思吧，夕旎。

即便我没有留在老家，而是住在城市，生活在一群无名氏之间，这个世界上也会有认识我的人。爸妈认识我，亲戚认识我，小区邻居认识我，学校的人也都认识我。这次的旅行让我领悟到了一点，那就是我一直都喜欢用他们的标准来判断和审视自己的言行和想法。你懂我的意思吗？我是在人们对我的质疑声中慢慢对自己产生了疑惑。他们指责我一定做得出那些事来，将我围堵在角落里，这让我自己变得和我遭遇的事情一样可怕。我以前认为可怕的我会遭遇这样的事是顺理成章的，可是你不觉得很奇怪吗？在那件事发生之前，我从未觉得自己是可怕的。你说这因果怎么就颠倒了呢？

吃好吃的东西时，即便身边没有人，我也会在自己身上添加一道视线。在喜欢或是讨厌一个人的时候，那道视线也会挤进来妨碍我的感情。它让我的思想变得越来越狭隘，让我的主观意识一点点消失，让我变成了一个无时无刻不在被观察的人。想知道那道视线里包含了什么吗？是"你都遭遇过那样的事了，永远都别想幸福起来"，是"你也有错"，是"你这辈子都只能孤身一人"，是"你的不幸都是你自己造成的"……这都是那件事之后，我从人们的目光中学到的。我吸收了它们，把它们用在自己身上。对我而言，我既是受害者也是加害者，有时还是冷酷的旁观者。

所以说……夕旎，我想说的其实是，我依然想活下去，但并不会当那件事没有发生过一样，若无其事地活下去。我想找回遭遇了那件事的自己，找回完整的自己，找回不看任何人的眼色、站在我自己的立场上，好好地活下去的自己。

我现在仍然很难入睡。

有时候我会忘了自己是谁，今天是几号，我多大了，正在做些什么，要去哪里。因为无法信赖自己的记忆，我时常会感到混乱。

我经常会不由自主地陷入那个人突然跑出来杀我的想象中。我觉得他真的可以做出这样的事，并且能做得天衣无缝。他能够把我的尸体藏得严严实实，骗住天下的所有人。每当这个臆想开始，我都感觉自己离死亡很近。

如果脑海里又开始重演那天的场景，我便会无法动弹，连根手指都动不了。那个时候，我会有一种自己被不知名的东西绑得严严实实的感觉。我经常会做同一个噩梦。梦里，我在一个无脸男的追逐下拉开了一扇扇门。可每拉开一扇门，眼前都是一堵墙，然后我再去尝试另一扇门，仍然是墙。于是我就不停地找门，开门……直到从梦里惊醒。原来就算在梦里，就算在噩梦里，我都是想活下去的啊。

我总是会想到堂叔，想他那天对我做的事。我不是说我一直都只在想着那件事，而是在我想其他事的时候，那件事也一直没有离开我的脑海。我猜它以后也会这样跟着我，永远都不会成为过去，就算是在我死去的那一刻，它依然是现在进行时。让我忘了他或是忘了那件事，在我听来就像是让我放弃生命。

我做出了抉择，决定不再沉默。遇到需要说明的时候，我不会再逃避和躲藏，而是会堂堂正正地说出来。我知道那是多么痛苦的一件事，也知道自己会被怎样误会，肯定会有人觉得我是个怪人，也许有人会认为我到处揭露这件事的行为本身就是种暴力。可是就算不说也一样啊，我依然会痛苦，也依然会遭遇他人的误会。

旅行途中，我曾经思考围绕在我四周的空气，思考那既看不到也触碰不到，如同幽灵一般的空气所拥有的力量。那又是什么在围绕并影响着空气呢？我还会思考我是什么、我身处怎样的力量之中。我曾因为是个年轻的女孩而遭到无视，现在成了年轻的女人却依然受到怀疑，未来还会因为是个老女人继续遭到冷落。可是，小时候，我和你还有胜浩在一起的时候，我并不是这样的。在江陵和阿姨在一起的时候，我也不是这样的。我就是我，不需要去证明自己，更不需要去否定自己。

旅行结束后，我发现我这颗心又开始想逃跑了，于是我急忙来到家附近的咖啡馆给你写信，这也是为了抓紧时间逃走。

夕旋啊，我估计最近都无法去见你了，我也不知道自己需要多少时间才能去见你。

我无法原谅任何人,也不想在那些我无法原谅的人中间自欺欺人地活下去,我更不想否定自己身上发生的事。否则他的罪岂不是得到了洗刷吗?而我现在的人生又会再一次变成杂乱无序的线球。夕旎啊,每当我看着你或者是看着胜浩时,我总是会想把这件事当作没有发生,总会觉得自己该努力去遗忘。仿佛只要我能忘了那件事,只要我觉得无所谓,我们就能像以前那样愉快地相处了。可是我怎么都做不到……然后这些自责就会像一月的雪一样一点点地在我心里堆积,直到我被彻底掩埋。

为了守护自我,我只得把珍惜的东西一件件放下来。这才是真正的开始。如果只紧紧抓着自己想要的东西,把不要的全都扔掉,那根本不是开始。旅行时,我一直在努力回想自己爱的人和曾经的美好回忆。每当想起什么,我都会记下来并且做出下面的假设:我可以没有这个人吗?我真的可以抛弃这一切吗?

可以,我可以变成零。

夕旎啊，我一定会竭尽所能地保护自己不受伤。因为我要比那个人活得更久，我要比他更健康、更好地活着，直到他死的那一天为止，我要让他记得自己犯下的罪。等他变得软弱无力的那一天，我就会去找他报仇。我暂时也不知道会用什么样的方式报仇，那需要看我那时候成了什么样的人吧。

你可以觉得我坏，也可以讨厌我。因为你会是唯一一个即便恨我也会为我加油的人。

我还想走得更远一点。
我想知道自己想要什么，又能做些什么。
我不会再和自己对着干了，我想和自己好好相处。

2014 年 11 月 7 日，姐姐

P.S. 我真的很不想写这些话，但还是写了。你也能理解吧，我写下来只是想让你记得。

如果你也遭遇了性侵，一定要留下证据。录音也好，照片也罢，总之都得留下来。到时候，记得不要洗澡，直接去警察局，当时穿的衣服和内衣都得带上。世界上并不存在彻底安全的地方，家里不安全，外面也不安全；人多的地方不安全，没人的地方也不安全；城市不安全，乡下也不安全；公交车上不安全，出租车也不安全；公开的场合不安全，密闭的空间也不安全；白天不安全，中午、傍晚也不安全，深夜、凌晨更不安全。其中最危险的就是"没什么吧"这样的想法。只要对方下定决心要那么做，我们根本就没有办法躲过性侵。我不是让你平时多加小心，而是让你能杀就杀了他，不管如何，你都要活下来。

2017 年 12 月 31 日
星期日

夕夜小时候很想学习多种语言，想生活在陌生的语言环境当中。二十五岁的夕夜做到了。她在澳大利亚当了一年的服务员，在德国卖了一年的冰淇淋，又在日本的咖啡馆里打了半年的工，甚至还在中国和尼泊尔待过一段时间。即便是在陌生的语言环境中，夕夜依然能感受到差别和蔑视的存在，从言行之中，从眼神之中。这些东西无须多想就能感受到。作为一个东亚人，作为一个女性，抑或是作为一个韩国人，总之原因都是她的与众不同。面对人们的辱骂和嘲笑，夕夜会用他们听不懂的语言回敬。夕夜遇到了很多可怕的人，也遇到了很多亲切的人，其中不乏一些可怕又亲切的人，而且比例还是压倒性地多。在他国遇见的人面前，夕夜终于能够坦诚地将 2008 年 7 月 14 日那天发生的事以及之后人们的反应说出口。有些人会站在夕夜的立场上思考，一边安慰她，一边咒骂堂叔。他们是不是真的这么想，夕夜并不在意。重要的是她现在终于可以一点点地将这件事说出来了，即便用的不是母语。

夕夜从来没有停止过思考，关于自己想做什么以及能做什么的思考。她想理解自己，理解那些袒护堂叔的人。她想搞明白人的精神和内心。她并不想未雨绸缪，只想先搞定之前发生的事。夕夜从小时候起就很喜欢看书，并且对神学很感兴趣，她甚至曾把自己的人生想象成一本小说，如果认为人生是小说，那不管以后发生什么事，她都可以继续前行。夕夜现在仍然无法读小说，但总有一天可以做到，那一天终会到来的。

就算是在飞回韩国的航班上，夕夜也没有停止对自己的思考。一想到自己想到堂叔，夕夜就需要一个谴责的对象，于是她把神灵拖了出来。对夕夜而言，神是在发生那件事之后才出现的。夕夜的神了解世间所有的人事与道理，所以会有很多的恐惧和烦恼；夕夜的神并不会让事情发生或不让事情发生，它只是一个旁观者，是一个倾听夕夜所有埋怨并为此感到抱歉和痛苦的存在。如果它能做的只有这些，夕夜还是很想去相信它的存在的。

高考后报专业的时候，江陵的阿姨建议夕夜选一个可以窥见自己内心的专业。她们也知道工作和发展前途都很重要，但夕夜还是听话地选择了心理学，虽然最后没能顺利毕业。

夕夜打算重新开始。

夕夜想倾听别人的故事，她想在听完别人的痛苦和不安后，告诉对方这并不是他的错。夕夜将手放在左边的墙壁上，不停地走着，偶尔也会跑起来。虽然这样需要花费她很多时间，走完所有迷宫才能找到出口，但对现在的夕夜而言，寻找出口已经不是那么重要了，重要的是，在她将手放在左边墙壁上走的时候，看到了自己的内心。她希望未来的自己能够用窥探自己内心的眼睛去望着他人的心，她想握住他们的右手，帮助他们站起来，帮助他们将手放在左边的墙壁上。然后这一生都可以用望着他人之心的眼神正视自己的心。这才是夕夜真正想做的事。

十几岁的时候，夕夜常觉得能看到成年后的自己。成年后的她浑身散发着一股年轻阿姨的气息。她会听一些难懂的音乐，甚至还能记住这些音乐的名字。永远都是一个人在走着，奇怪的是，那个她只存在于秋天。在秋天的背景下，穿着秋天的衣服，打着哆嗦。夕夜对自己看到的深信不疑。她相信十几岁的自己和二十几岁的自己是共存的，十五岁的李夕夜和十八岁的李夕夜并没有消失。她相信她们都还活着，并且在看着二十五岁、二十七岁的李夕夜。她想守护十七岁的李夕夜即将看到的未来的李夕夜，也很想看一看三十五岁、三十九岁、四十七岁还有五十九岁的自己，想看一看同时生活在世界某处的年幼的、年轻的、年迈的李夕夜。

夕夜仍然喜欢看星星。每次看到仙后座的时候，她都会想起胜浩，北极星则会勾起她对阿姨的思念，她还会一边看着太阳一边想着夕旎。就这样，夕夜时常会想起在某个地方散发光芒的他们，想起远看似乎触手可及，近看又遥不可及的他们。事到如今，夕夜依然会想起堂叔。

现在，夕夜面前放了一小块蛋糕。也许这"一小块"已经不是蛋糕最开始的样子，但它变成一块的同时也完整了起来。夕夜在蛋糕上插了一根蜡烛点燃。她仿佛听见胜浩和夕旎，也许还有阿姨正在某处唱着歌。他们正一边拍着手一边大声唱着《火金姑》。

夕夜出生的时候，人们正带着一颗虔诚的心倾听钟声。他们为彼此祈祷幸运，分享着祝福的话语。他们回想起最珍贵的人，许下了一个又一个心愿。

广播里传来子夜的报时，钟声应该已经响起。

许愿的绝好时间到了。

总有一天，我会去见你。我一定会去见你的。

歌唱到最后的人，
永不停止的故事

[韩]黄玄进

去年夏天，我和朋友们一同去蒙古国旅行。一行人中，除了真英和我，还有几个人。十天旅行中，我和真英一直都同住一间房。每晚，我们都会在火炉里生个火取暖。蒙古的夏夜还是有点凉意的。我和真英坐在火炉旁，一边喝着红酒和啤酒，一边聊着天。我们聊自己的爱好，聊自己无法去爱却能理解的事。酒劲上来，身子暖和了，我们就走出住处，去外面仰望亘古不变的星空。

每天都是真英先上床休息。等真英睡着后，我会往火炉里加点柴火，静静地凝视一圈房间再把灯关上。真英挑的床大多靠近开关，所以我每次伸手够开关的时候都会俯视真英熟睡的面容。真英睡得可真香啊！很多时候我都一边庆幸着她能好好休息，一边因为害怕自己会彻夜难眠而辗转反侧。

咔嚓，关上灯后，房间瞬间变得一片漆黑。眼睛明明是睁着的，却和闭上没什么区别。有时候我会觉得闭上眼睛反而可以看得更清楚。伸手不见五指，可千万别摔在真英的床上啊……我一边后退一边摸索着找到自己的床。黑暗里，什么都看不到。我闭上眼睛，关灯前看到的真英的脸再次浮现在眼前。刚刚看到的残光照亮了我微闭的眼睛，随后慢慢模糊起来。等真英的脸消失了，我才渐渐习惯了黑暗。

直到房间深处都被照亮，我才迫不得已地睁开眼睛。真英坐在对面的床上和我打着招呼：

"醒啦？"

估计真英看着熟睡的我很久吧，我连她什么时候醒的都不知道。昨夜望着熟睡中的真英时产生的庆幸早已不知去向，取而代之的是心里的担忧。我担心她是不是昨夜做了噩梦才会这么早醒来，担心是不是自己做的噩梦吵醒了她。我们去玩的地方一般都是晚上十点日落，清晨五点日出。回家后，我才反应过来，那是因为蒙古的夜太短了……

"我们去旅行吧。"

向真英提议的时候，真英回了一条这样的短信给我：

"谢谢你能叫我一起。"

旅行在即,真英有很多事要忙。她说她这辈子只在去济州岛时坐过飞机,当然也不可能有护照,于是我先带她去拍了证件照。那天真英感叹自己已经好久没有拍过证件照了。拿到护照的真英很是雀跃,她说又多了一个可以证明自己身份的东西,让她莫名有种变成大人的心情。这确实是一件值得庆祝的事,因为她算是得到了可以随时随地出发的许可。

然而旅行并没有我们想象的那么顺利。首先,去程的飞机就足足晚点了四个小时。"果然是困难重重啊。"真英嘀咕道。那天,我们透过机场的窗户,看着白雾一点点升起再一点点散去。急匆匆起飞的飞机直到落地都在不停地摇晃。"我突然感觉这样死亡也不赖呢。"没坐过几次飞机的真英无比沉着。最后,入境审查时也只有真英一个人迟迟没有通过。明明真英的护照照片是我们一行人当中最新的,可她却是最后一个通过的。出来后,真英问我们她是不是和照片中长得很不一样。

"怎么可能啊?真要说不一样也是我们才对吧。"

毕竟我护照上的照片可是八年前拍的了。

旅行回来后,我读了真英的小说。"谢谢你和我说睡不着可以打开灯。谢谢你叫我一起去吃面。"每次读夕夜日记的时候,我都会想起自己和真英的对话。"谢谢你能告诉我。"仿佛搭话本身就是一份礼物一样，真英经常会和我说谢谢。"谢谢"这个词实在是太奇怪了。后来我也不知不觉地有了感激之心，开始学起真英说话。"谢谢你能和我说谢谢。"真英身上有一股很神奇的力量，能让其他人一点点向她靠拢。

在读夕夜写给夕旎的信时，我想起了我们刚开始一起旅行的时候。也许真英正是一边想象着夕夜的旅途，一边准备的这次旅行吧。我推算了一下时间，觉得这个可能性很大。当我看到夕夜说她一个人也能感到自己好起来了的时候，看到她说也许以后还可能会再次抑郁的时候，我都会想起我们一同度过的十天。书中夕夜的旅行延续到了真英的身上，然后在我回到首尔读真英小说的期间，那漫长的旅程又延续到了我的身上，变成了超越二次元的共鸣。

我也知道，再没有比在读小说时联想到作者更愚蠢的行为了，然而在相反的情况下，我是真的不知道该如何是好了。

真英和我说过这样一段话：

"姐，你有过这样的感觉吗？总觉得自己的人生好像以前经历过一样。我有时候真的会有这样的感觉。"

在异国陌生的房间里，躺在单人床上等待睡意降临的人，第一次离开一直生活的地方的人,既是真英又是夕夜的人。

某一天夜里仰望着夜空,真英和我说了下面的话:

"据说一万两千年后的北极星就不是这颗了。"

真英看了一眼震惊不已的我,继续说道:

"不过反正那时候我们也不在了。"

真英曾经在飞驰的车里哼过歌,她还在湖边踱步的时候大声尖叫着唱过那首歌——《火金姑》。辛炯琬的《火金姑》是这样唱的:

不管如何否认都没有用

那个火金姑墓就是我家

掏心掏肺也交不到朋友

歌唱的鸟儿也离我而去

不要走 不要走 请不要走

可是真英每次都是这样唱第一句的:

我是无可奈何的火金姑

真英会唱很多歌,她可以毫不停歇地一直唱下去。真英曾经写过一本小说，名叫《永无止境的歌声》，简介中有这样一句话——"他人的一个小小不幸都有可能毁灭我"，这句话也可以理解为"我的一个小小不幸都有可能毁灭他人"，说到底是对"不幸"的定义。

2008年7月14日，时间没有再向前流逝，反而还总是会往回倒流，就像一首循环播放的歌曲。就算在包里塞把水果刀也不能驱退恐惧。恐惧会唤起疑心。疑心会疏远他人，孤立自我。夕夜被独自留了下来。人们并不知道，经历过暴力与不幸的人感受到的恐惧为何永远都伴随着疑心。

"你是不是也是坏人？是不是也会做出那样的事？"怀着这种疑虑的人不会对对方的真心感兴趣。即使别人开导他们，让他们学会享受人生，告诉他们世界上大多数是好人，他们心里也早已充满了害怕再次遭遇同样事情的恐惧，那并不是一点安抚就能好起来的。疑虑不会如此轻易消散，内心的黑暗也无法从不幸的牢笼中解脱。夕夜最惧怕的是她本能地感受到世界上还有很多人和她遭遇了类似的事情，并预感到未来会产生更多的受害者。在怀疑中，最令我们担忧的便是所有人的平安。一面惧怕未来的自己，一面又为我们担心的人，是想把"我们"融入"我"这个词语里的人。若有人面对这样的人还讲得出"不幸是咎由自取"，那么他真的是太恶劣了。

将"我们"融入"我"这个词语。如果能让狭隘的第一人称包含世界上绝大多数的人生，这个过程又能用什么词语形容呢？不管我怎么想，都只能想到"生"这个字，它也许可以找到反义词但绝对找不到近义词。既然如此，时间的流逝也不是毫无意义的，因为它会通过"生"一点点地向四周蔓延。如果时间的流逝毫无意义，它和死又有什么区别呢？因此，不幸并不是死，死也并非不幸。不幸是对"生"产生恐惧，是生活中除了恐惧什么都不剩。简单来说就是时间静止了，不幸就是在静止的时间里活着。

在地球北部离首尔三千公里左右的地方，清晨，我们住处的院子里来了一群生活在附近的当地人。他们在院子里铺了张垫子，将各式各样的纪念品堆在上面，帽子、围脖、袜子、包、玩偶、手链……大部分都很小巧精致。真英左挑右挑，最终挑了一把刀。刀的长度只有一拃，但握在手里却很有分量。那把刀确实漂亮，刀柄正中间镶了一块蓝色的宝石，周围还刻了几何图案。虽然刀刃很钝，刀尖却很锋利，光是看着就让人有点害怕。我劝真英再挑点其他的纪念品，真英拒绝了。那天晚上，真英和我说：

"姐，我很害怕刀。只要家里放着刀，我就会害怕。"

那你怎么还买刀，而且除了刀没买别的？——我本想这样问她，又觉得真英做得出这样的事，于是就把疑问咽了回去。这样一想，那把刀还有点像真英。锁在家里的刀，像无法反射光芒、珍藏在心中的宝石，又像埋在土里探出一个脑袋的石头。真英既惊险又安全，她的美是摇摇欲坠的美，和这把结实又锋利的刀一样。

故而，真英是一个会将"我们"解释成"由不幸的纽带串联起的群体"的作家。在因害怕生活而活在冻结时间里的人面前，她又是一个会毫不迟疑走过去，用短刀砸碎时间的作家。"我陪你一起害怕"，我猜真英也是为了说出这句话才会买下那把刀的。

一天晚上，真英把我叫了出去。

"姐，那边有一个很适合跳舞的地方。"

我追过去，她说的地方原来是月亮下面。没想到能如此近地面对月亮，正在我感叹的时候，耳边传来真英的歌声。我还以为她只会唱《火金姑》，原来她连《Chitty Chitty Bang

Bang》①都能从头唱到尾。我们一边唱歌一边在彼此周围转圈。我好奇地问她怎么会唱这么多歌,真英回答道:

"因为都是我喜欢的歌呀。"

我猜,崔真英终有一天会将我们的所有人生都写下来。不管是怎样的过去或未来,她都能够毫无畏惧地踏入。她会和所有人证明自己作家的身份。她会用第一人称的歌曲唱出所有不幸的纽带。

---

① 韩国歌手李孝利于 2010 年发表的歌曲。

作者的话

在透着一丝凉意的夜晚,为我生火、对我温暖微笑,还为我写了跋文的玄进姐姐。

与我一起打磨加工"李夕夜"故事的崔贤佑。

耐心将"李夕夜"的故事读到最后的各位读者,谢谢大家。

以及,2017年10月到12月在《文学3》文学网站上连载的"李夕夜"的故事,2019年的1月到3月又被我拿出来重新写了一遍。2017年的我并不是很了解夕夜,现在也无法拍胸脯保证我知道夕夜的所有事情,但不能说我完全不懂她的故事。

有时候,书中的人物会率先来找我。我知道这句话有多奇怪,但确实如此。夕夜曾经停留在我四点钟或八点钟方向的一个难以凝视又难以无视的地方,然后如同久等了一般走过来,站在我的正面。她从未和我介绍过她自己。"我认识你，你肯定也应该认识我才对。"她只是这样地看着我。而我只能故作镇定，其实心里早已乱了套，思考自己是不是来得太晚了。其实我也知道夕夜一直都在那里，她躲着所有人，独自长大，果然，我这次也来晚了。

不管是在写书的时候还是在写完之后，我都害怕夕夜感到孤单。虽然我一直都很想和她说说话，她有时候却会觉得我很烦。她并没有勉强自己回答我的问题，我会为她的选择而庆幸。也许，我害怕的并不是夕夜会孤单，只是不想让挂念夕夜的自己孤单。

现实中的某个"夕夜"，身边可能不会有"夕旎"和"胜浩"这样的人存在，更不会有阿姨那样的成年人陪伴，很多人肯定是无法向任何人倾诉、只能独自承担，或者一个人在旁观和质疑中坚持着。正因为我知道这一点，所以每次描写可能会让夕夜感到安慰的情节，我都和描写夕夜痛苦时一样犹豫。

有人曾经说过："即便遇到令自己受到伤害的事，也要找一找自己的问题。实在找不到的话，就要学会理解别人，把他们的过错当成失误。"因此我一直相信，只要做好自己就什么问题都不会出现，把"成熟懂事"当成他人给予我的称赞。我根本不知道自己想要什么，就长成了大人。成年后，我才明白我想要成为的不是一个追究责任或回避事实的人，而是一个敢于承认自身错误、告诉我"这并不是你的错"的人。而我甚至没有机会思考"我也要成为那样的大人"便长大了。现在，我遇到事情依然会先找自己的问题，因为我已经长成了必须这样做的成年人。若是偶尔遇到让我再次沉浸在熟悉的情绪中，哭到虚脱却依然睡不着的夜晚，我会认为无法动弹的状态反而还是一种幸运。

我告诉夕夜，我已经变成了这样一个人。
我也要成为一个努力的人，我不停地告诉她。

并且，夕夜今天也在记录着生活。她在看、在听，偶尔也会撒开脚步跑起来，全力跑起来。夕夜知道我们的存在，我们无法对她视而不见。

崔真英
2019 年秋

文治
磨铁图书旗下子品牌

更好的阅读

出 品 人　沈浩波
特约监制　潘　良　于　北
产品经理　烨　伊　韩　帅　刘　烁
特约编辑　王云欢
版权支持　冷　婷　郎彤童　朱　雯
营销支持　金　颖
装帧设计　尚燕平
封面插画　袁小真

关注我们

官方微博：@文治图书
官方豆瓣：文治图书
联系我们：wenzhibooks@xiron.net.cn